AF230859

Por mi culpa

Carlos Uribe de los Ríos

La Pereza Ediciones

ISBN-9781623751548

Diseño de la colección:
Estudio Sagahón / Leonel Sagahón
www.sagahon.com

Por mi culpa

Carlos Uribe de los Ríos

Índice

De la equivocación el día de la disciplina

Todos se habían preparado para la disciplina. La recomendación inicial era no pegarse con cuerdas de piola, a manera de trenzas con nudos cada cierto tramo, porque dibujaban morados en la piel, sino con un ramal de alambre ensortijado que ardía como limón sobre una herida, pero tenía la ventaja de no dejar tantas señas ni muchos dolores adicionales. Los expertos en tejer esos alambres habían hecho su trabajo con curia. Manijas cómodas, casi a la medida, y tres o cuatro tiras de unos cuarenta centímetros utilizadas para fustigarse las nalgas hasta ponerlas coloradas.

La disciplina era una ceremonia de cada ocho días en la noche, en la iglesia del convento, al final de las oraciones del oficio. Cada uno se tenía que azotar a conciencia, hasta donde aguantara sin hacerse daño evidente. Pero además, los frailes podían darse disciplina cuantas veces estimaran necesario, en la soledad de su celda, para pedir perdón al Señor o para apaciguar las tentaciones y alejar los malos pensamientos.

La primera ceremonia no había sido ensayada, entre otras razones porque perdería el valor como sacrificio. Así que el padre maestro dio suficientes instrucciones previas: Cada uno de los novicios se colocaría detrás de una columna de la iglesia, y cuando se apagara la luz y se iniciara el recitado en coro del *Miserere mei Deus*, el salmo cincuenta, cada uno levantaría su hábito, se bajaría los pantalones y flagelaría sus caderas al ritmo del rezo, tan fuerte como el ardor le permitiera. Eso sí, siempre pensando en Dios, en su infinita caridad, en la gravedad de los pecados cometidos y en el sincero afán de arrepentimiento. Hasta el final del salmo.

Habría tiempo suficiente para vestirse de nuevo, pues las oraciones posteriores, que se sabía de memoria el padre maestro y que recitaba bien despacio en un latín confundido con acento italiano, permitirían subir los pantalones, abotonarlos con calma y bajar el hábito. Como si nada hubiera sucedido. Precisamente, el éxito de la disciplina de los lunes consistía en que cada uno de los novicios desconocería cuán duro se había dado su compañero, cuán sinceramente se había flagelado. Lo que el padre Roldán no pudo calcular en aquella oportunidad, la primera con el grupo nuevo, era que fray Bernal, el encargado de apagar y prender el interruptor, estaba inseguro, tembloroso y concentrado en la penitencia, por lo que accionó el mecanismo antes de tiempo. Cada uno de los frailes vio de repente el trasero de su compañero a plena luz, en medio de la iglesia y sin que terminara la oración final que se encargaba de recitar el maestro.

La carcajada comenzó como un temblor reprimido entre los labios y fue tomando fuerza hasta el estallido en el que cada uno olvidó su condición de novicio recién investido y dispuesto a todo un año de sacrificio como introducción y limpieza para poder pertenecer a la Orden de Francisco de Asís.

Mientras marchábamos en silencio por el corredor del convento hacia el refectorio, cada uno miraba de reojo la cara adusta del maestro y trataba de sujetar dentro de sí la risa que perduraba desde el instante en que enardecido en la penitencia, Bernal había prendido la luz. Ya presentía el llamado de atención y de pronto, como sanción, salir a decir la culpa delante de todos.

En el mes de prenoviciado se habían explicado bien las reglas a seguir. Se dieron ejemplos y se vivieron situaciones. Aprendimos que cada vez que alguno cometiera un error o una falta, por pequeña que fuera, debía reconocer su culpa arrodillado, en medio de todos, con la humildad del mundo encima. Y cumplir cabalmente la penitencia impuesta. Si la falta era mayor, la culpa debía decirse en el refectorio, a la hora pertinente, delante ya no solo de los demás novicios sino de la comunidad reunida. Y acatar, por supuesto, la determinación del superior, quien en estos casos imponía penitencia públicamente. Parecía fácil. Se trataba de levantarse después de las oraciones de rigor, ir hacia el frente en el salón de clase o hacia el centro en el refectorio, arrodillarse, inclinar la cabeza hasta el piso y esperar que el maestro o el superior concedieran la oportunidad de confesar la falla.

Para decir la culpa se debía permanecer de rodillas, con la cabeza levantada y mirando hacia la autoridad, y agacharse de nuevo una vez terminada la confesión del caso, a la espera de las consideraciones que se le ocurrieran al maestro o superior, y de la penitencia. Al final había que volver al puesto, cabizbajo, libre de faltas pero repleto de humillación. Ahí estaba el secreto: someter el orgullo a toda costa, mantenerlo apabullado y perseguido para ir ganando en humildad, condición sine qua non en alguien que pretendiera convertirse en discípulo del Pobrecillo de Asís. Y cuando un novicio juzgaba que alguna de sus actuaciones no daba bastante motivo como para salir voluntariamente a decir la culpa, el padre maestro se reservaba la última palabra; podía exigirle delante de todos que lo hiciera.

Llegó entonces el momento, justamente antes de la comida, cuando el padre Flórez rezaba las oraciones de rutina. Ni el superior ni el maestro dijeron nada. Y los ánimos comenzaron a tranquilizarse. Vino la cena, la lectura, el silencio de cada uno que se convertía en ruido de quijadas masticando y en eventuales golpecillos sobre los platos de loza. Cuando salimos del comedor, media hora después, algunos de los novicios intentaron comentar el asunto. Sus frases dieron pie a la risa de nuevo y la carcajada trató de brotar en ese instante. Pero el maestro, molesto, cambió bruscamente de tema y comenzó a contar historias de Asís en la época en que San Francisco renunciaba a los deseos de su padre y a la comodidad de su familia por vestir un hábito raído que no era otra cosa que la ropa usual de los más pobres de entonces. La contundencia del padre Roldán acabó con la risa nerviosa que quedaba desde el episodio de la iglesia.

El maestro de novicios nunca se permitía una carcajada. Ni siquiera una risa abierta. Cuando estaba de muy buen humor, sonreía como los ángeles sin perder en ningún momento su compostura ni su dignidad delante de una docena de novicios que estaban entre los diecisiete y los veinte años. La mayor parte del tiempo permanecía serio, meditabundo, ensimismado en sus pensamientos de teólogo, como si repitiera los textos en alemán que leía infaltablemente en cada minuto libre. La cara del maestro era agria y severa. Imponía una reverencia inusual y establecía una distancia insalvable.

Al otro día, incomodo de todas maneras porque no le habían llamado la atención en público antes de la comida, fray Bernal decidió decir la culpa en el salón, después del desayuno y del arreglo de las celdas. Cuando ya se había rezado la oración del momento, sin decir palabra salió adelante, se arrodilló, bajó la cabeza hasta tocar el piso con la frente y esperó que se le permitiera la palabra. Diga, expresó finalmente el padre Roldán. Entonces se incorporó y de rodillas aún explicó que se sentía culpable por haber encendido la luz antes de tiempo durante la disciplina del día anterior en la iglesia, por lo que sin duda era el causante de la risa nerviosa que había entorpecido el acto religioso.

Los novicios esperaban en silencio compacto. El maestro permanecía callado e impasible, allá en su escritorio elevado sobre la plataforma de madera. El novicio pidió enseguida una penitencia. Que no vuelva a repetirse una cosa semejante. Hay que concentrarse en el oficio religioso, poner atención en las responsabilidades y evitar todo lo que pueda perturbar el culto y la oración. Y rece un rosario después, en su tiempo libre, dijo el religioso. Se levantó y fue a su pupitre con la cabeza hundida entre la capucha del hábito.

Del método casi milagroso para lograr la castidad

"Ya tenemos la solución", le dijo emocionado el padre Murillo al superior del convento, al día siguiente de llegar desde España. "Pero no se la podemos contar a nadie. Tiene que ser puesta en marcha en silencio, sin alarmas, sin despertar sospechas, pues si se vuelve cuento de boca en boca, fracasamos. Y ahí sí que nos lleve el que nos trajo".

Miró en ese momento a los ojos del padre Botero y entendió que había dicho una frase no solo indebida sino desafortunada.

"Perdón", quise decir, "que el escándalo sería total. Ya se lo voy a explicar. Se trata del mejor método inventado hasta ahora. Tiene el visto bueno del Opus Dei, de algunos otros seminarios que lo han aplicado, y lo interesante es que se pueden conocer los resultados sin romper el sigilo de la confesión; es más, podemos llegar a saber cómo le va a cada fraile en particular, cómo se ha sentido, qué tentaciones ha tenido que enfrentar y cuál ha sido su respuesta". El padre Botero estaba aún en silencio. Tranquilo y reflexivo, el maestro de los coristas permitía que el padre Murillo desfogara su admiración por el hallazgo, antes de ponerle objeciones simples y dejar sobre la mesa los elementos a favor y en contra de la propuesta. Sentado en la vieja silla de cuero, detrás de un escritorio grande y bien tenido, apoyaba los codos sobre la mesa y con las manos en actitud de devoción ayudaba a mantener los labios cerrados.

"Mire, este libro más grande es el manual, antecedido por la explicación en detalle de los pasos, desde la primera conversación hasta el chequeo quincenal o mensual de cada seminarista, lo que permite también llenar el cuadro sobre la tendencia general. Este folleto es la guía para el pastor, es decir, para mí. Ahí explican en detalle cómo debo proceder, cuáles son las conductas más comunes, cuáles las más difíciles o quizás perversas, cómo se va llevando el control y cómo, gracias a las conversaciones en privado, cada joven va siendo llevado de la mano. Este otro es el tarjetero, donde se van guardando los resultados de cada lucha personal y se va acumulando la historia; es clave y hay que mantenerlo bajo llave. Y este último es el devocionario, más pequeño porque es preciso, y sirve para que cada fraile rece la oración que le corresponde según su puesto en la escala de la castidad. Hasta que sea capaz de vencer todas las tentaciones". "No puedo imaginarme una especie de campaña obligatoria para unos frailes que ya tienen votos. ¿Cómo va a vender la idea?" El padre Botero hablaba con demasiada tranquilidad para el gusto del padre Murillo. Como si le añadiera una capa de escepticismo a todo su plan. "No tiene pierde", dijo. "Es tarea de convencer uno a uno a los coristas, a cada estudiante de filosofía y teología. Puede llevarse tiempo, claro, porque la atención es personal y hay que hacerles ver como necesarias ciertas ayudas para enfrentar las tentaciones de la carne y, después de que reconozcan que han caído, interesarlos en el método. Yo ya hice las cuentas y calculo que puedo atender entre ocho y diez frailes al día, así que no será tampoco todo el año. Pero, eso sí, convénzase de que los resultados serán estupendos. Las experiencias en España entre los seguidores del Opus han sido evidentes y documentan muy bien el proceso, lo garantizan". "¿Y qué pasaría si alguien rechaza el método, se siente por encima de él, le parece una responsabilidad adicional?" "Sencillo. Creo que cada fraile habrá de reconocer que ha sido débil, que es frágil ante las tentaciones de la carne, que a pesar de los votos se ha dejado llevar por los impulsos malignos. Ese punto de partida hará necesaria la conclusión, es decir, tendrán que aceptar que es indispensable un refuerzo, una especie de contrafuerte para no caer en el pecado, para apoyarse". "¿Y para eso no existen pues el arrepentimiento, la confesión, el propósito de la enmienda?" "Sí, pero si cada uno de estos jóvenes sospecha siquiera que su compañero va llenando una tarjeta cada día, da cuenta en ella de sus momentos más próximos al pecado, sentirá que debe sacar fuerzas para no ser inferior a los demás. Hay una especie de refuerzo comunitario". "No sé. No me siento seguro de los resultados entre frailes de un método que, según entiendo, fue inventado para adolescentes", dijo Botero. "Pero hay muchos frailes muy jóvenes aún, inexpertos, fáciles presas del demonio y del mundo. Su reverencia conoce el tema pues ha sido director espiritual", contrargumentó Murillo.

El padre Botero se levantó haciendo volar su hábito para que se quitaran las arrugas. Se quedó allí, muy quieto, y miró a Murillo de nuevo, a los ojos, con cierta piedad. Puso en orden los papeles que tenía al frente, devolvió los folletos que le habían pasado, tomó el breviario en sus manos y se dispuso a salir del despacho. "Comience por los más jóvenes, a ver. No más de un grupo por mes. Vamos mirando los resultados genéricos sin entrar en detalles individuales. No quiero meter mi nariz en la vida más íntima de estos muchachos, pues suponemos que ya saben a qué se han comprometido. Y no quiero escuchar acerca de runrunes sobre el tema en los pasillos".

Del padre Wilches y su estratosfera

Me sorprende el padre Wilches. Usted lo conoce de años, lo
ha tratado, ha sido su alumno, seguramente lo admira y no
termina de entenderlo. Menos yo. Parece una isla dentro de
una comunidad que se traga a muchos, que los absorbe en
la rutina y los acomoda a su ritmo inflexible. Eso me preocupa.

Por un lado, hay quiénes siguen siendo personas, individuos que se definen con claridad, que tienen personalidad
propia y son respetados como tales. Pero todos, los del montón y los que proponemos una vida conventual en serio, les
criticamos esa manía por sobresalir, por avasallar, por aco-
modarse al poder, luchar por él y manejarlo con un criterio
a veces *non sancto*. Por otro, aparece una mayoría de frailes
amansados, sometidos a veces, no se sabe si humildes o hu-
millados, que marchan en fila sin preguntarse por nada, sin
cuestionarse, incapaces de dar un paso adelante sin que el
superior lo diga. Lo peor es que esta última condición no
garantiza la observancia de la regla ni el cumplimiento estricto de los deberes. Mansos, gregarios, al parecer muchos
de ellos se escudan en el rebaño.

Sin embargo, el padre Wilches participa de ambas condiciones sin aires, sin sacar el cuello por encima de los demás
y sin dejarse atropellar por la montonera. Usted lo habrá
oído recitar en el baño, de memoria y en hebreo y arameo,
los salmos a las cuatro y media de la mañana, a todo pecho,
como si fuera lo más natural del mundo.

Alguna vez le pregunté, cuando yo iba a hacer sonar la matraca por los pasillos del convento y él salía de la ducha a las

cinco de la mañana, que por qué recitaba los salmos tan duro y en esos idiomas, y me dijo sonriendo que había descubierto que así podía soportar mejor a esa hora el golpe del agua helada sobre su espalda. Los contrastes me dejan atónito pues no se si se trata de una inteligencia privilegiada por encima de cualquier concepto, que por demás le ha bloqueado la capacidad práctica, o de una memoria bestial incapaz de enfrentarse a lo cotidiano.

El padre Wilches sigue llegando cada mañana a su clase de metafísica con el hábito chorreado y como si hubiera dormido con él, sin peinar jamás los pocos pelos que quedan en su enorme cabeza, con las gafas completamente empañadas por la grasa y el polvo, y como un autómata reconstruye cada vez un cuadro tedioso en el que resume las posiciones fundamentales de Rosmini, sin salirse de él, sin abandonar el esquema, argumentando siempre a su favor y desbaratando mecánicamente todo posible argumento de cada contrario en la historia de la filosofía. No suspende nunca su discurso plano, no mira a nadie en especial, a veces pasea sus ojos pequeños por fuera del marco de sus gafas y nos va aplastando poco a poco, desde el rezo inicial hasta que suena la campana cincuenta minutos después, con su mole de palabras e interpretaciones en español y griego, en latín e italiano, sin abandonar el cauce de Rosmini, sin salirse de un cuadro sinóptico que cada día va teniendo más detalles hasta convertirse en un tablero repleto de frases, rayas, preguntas, deducciones y acertijos que reproduce con ritmo frenético hasta llenarse las mangas del hábito de polvo de tiza.

No entiendo qué es lo que en Rosmini descresta al padre Wilches, por lo que me pregunto siempre qué tipo de inteligencia o habilidad tiene el profesor con más fama de sabio en La Porciúncula. Creo que una capacidad de memoria casi sobrenatural. Porque eso de que cite en clase un autor, en su propia lengua original, con título, tema de capítulo y hasta página, sin equivocarse, deja a cualquiera perplejo.

Los alumnos del padre Wilches en la Javeriana llevaban al salón los libros que mencionaba el profesor en sus clases para verificar de inmediato la exactitud de las citas, y debieron siempre quedarse callados porque nunca les dio oportunidad de la más mínima equivocación. Quizás alguien le contó que una vez, en plena discusión en clase de teología, el profesor Giraldo, recién llegado de Lovaina, defendía una tesis apoyado en Francisco Suárez y citaba el contexto de un análisis del autor en cuestión para corroborar su punto de vista. La cosa llegó a tal punto que el maestro y sus alumnos no pudieron ponerse de acuerdo y la discusión arreciaba por momentos. Decidieron entonces buscar el apoyo del padre Wilches y lo llamaron por teléfono a la casa de su hermana, en El Lago, donde estaba a esa hora de la mañana preparando sus clases. El padre Wilches, para demostrar plenamente que el profesor de teología tenía razón, le dijo al fraile con quien hablaba: vaya a mi celda y entrando a mano derecha encontrará un cerro de libros sobre un asiento en el que está extendida mi toalla. El quinto, de abajo hacia arriba, en la segunda hilera del frente, es «De anima». Tómelo y ábralo en la página 48. Allí está el texto clave que demostrará la veracidad de lo que sostiene su profesor. Varios fueron a la celda, empujaron la puerta que apenas estaba ajustada, vieron la silla, encontraron el libro y de inmediato pudieron leer la cita en el punto exacto.

En contraste, el padre Wilches sobrevive en un desorden abismal y es tan englobado que no hace días iba para su clase de derecho canónico en la Javeriana y tuvo que bajarse del bus porque de repente se dio cuenta de que estaba en bata de baño. Uno no podría pensar, por ninguna razón, que pretende sobresalir a toda costa y esgrimirle a la gente en la cara su enorme conocimiento. Pero tampoco se trata de una persona de las que marchan en fila no precisamente por humildad u obediencia sino porque no tienen la más mínima posibilidad de salirse del rebaño. Solitario, siempre por las nubes, desordenado y sucio, el padre Wilches se la pasa estudiando, llevando y trayendo libros desde su celda hasta la casa de su hermana, convertida en una enorme biblioteca de Babel porque a nadie más le serviría en semejante caos. El padre Wilches me hace preguntarme cada que lo veo, en clase y hablando solo por los corredores, celebrando misa de memoria y abriendo apenas el misal para las oraciones propias de cada día, o rezando el Oficio Divino sin mirar el breviario, si la comunidad para él, como para muchos otros, es apenas el espacio en el que tiene seguros la comida, la dormida y lo indispensable para su vida. Suficiente comodidad. La misma que le ha permitido vivir en la estratosfera.

Del doloroso tormento de fray Andrade

Cuando descubrió que en el pantalón del pijama había una mancha de semen aún húmeda, fray Andrade, que aspiraba a ser hermano franciscano, se sintió turbado y con sentimientos de culpa.

Tenía claro que por razones de la abstinencia sexual a la que debía someterse, era posible notar a veces los resultados de eyaculaciones nocturnas de las que ni se daba cuenta, pero alrededor de las cuales medio recordaba sueños que le ponían la piel de gallina.

Su turbación, como las dos o tres últimas según recordaba, estaba relacionada con una escena que había visto involuntariamente el mes anterior al medio día, después del almuerzo, y cuando los novicios disponían de una media hora para hacer siesta o lo que desearan.

Había decidido darles vuelta a las vacas que pastaban en el potrero colindante con una de las alas del convento, para lo cual debía hacer un rodeo por el exterior del edificio. Era parte de su rutina pasar por lo menos dos o tres veces al día al frente de las ventanas de las celdas de sus compañeros y se había propuesto desde que le fue encomendado este trabajo que no miraría hacia adentro, ante todo para no sentir que se entrometía en la privacidad de los novicios. Pero en aquella oportunidad iba distraído y sin querer volteó a mirar para la celda de fray Suárez y lo vio desnudo y acostado en la cama, con el pene erecto sobresaliendo del resto de su cuerpo.

Inmediatamente se retiró de allí antes de que el otro se diera cuenta y de prisa realizó su tarea. Arregló la miel de purga y la vació en la ponchera de aluminio; llenó la canoa del saladero y repartió el pasto de corte en los comederos de los animales, pero en ningún momento se le quitaba de la cabeza la escena del fraile desnudo y quieto.

Pensó que no debía alterarse por ver a alguien que parecía sereno, pues no había percibido malicia alguna en la actitud del novicio. Lo recordaba tranquilo, estático, en reposo. En otras palabras, no se estaba acariciando ni masturbando, y si lo hizo posteriormente no era asunto suyo. Es más, dedicaría su meditación de la noche a reflexionar sobre la inconveniencia de distintas actitudes que permitían la tentación y se podían convertir en fácil puente para el pecado, y además rezaría una oración por las intenciones de fray Suárez para que el Señor le perdonara si había caído en desgracia.

Pero la imagen no se le borraba de la cabeza. Solo a instantes conseguía concentrarse en sus actividades para volver siempre a la misma escena que a la vez le causaba preocupación y sudor frío. Comenzó a sentirse molesto una vez terminada la meditación, pues aunque había rezado concienzudamente y con toda la fe de que era capaz, aquel cuerpo desnudo seguía rondando en su cerebro y causando desconcierto en su mente.

En vista de que la imagen persistía varios días después, decidió asumirla como una prueba del Señor que le permitiría fortalecer su castidad para el presente, y también para enfrentar el día de mañana una situación más complicada que se le pudiera presentar. Aún así, a sabiendas de que Jesucristo había soportado peores tentaciones de Satanás, apenas había logrado tranquilizarse un poco y apenas a ratos, sin que aquella película dejara de rodar una y otra vez en su cerebro. Hasta que comenzó a darse cuenta de que disfrutaba con el recuerdo y se excitaba con pensar en ese cuerpo moreno y liso.

Cierto terror fue creciendo dentro de fray Andrade porque presentía que sus fuerzas tenían un límite y que no sería tan fuerte como para resistir la embestida del demonio que lo rondaba día y noche en la forma de fraile desnudo con el pene erecto. Se le ocurrió que quizás una manera de apaciguar su tormento era hacer lo mismo que había observado. Se quitó la ropa en su celda después del almuerzo y se tendió sobre la cama para tratar de encontrar en ello algo desconocido. En efecto, desde que empezó a desvestirse su miembro se fue poniendo firme, con una fuerza que en pocas ocasiones anteriores había notado. Pero nada más. Se le ocurrió que el secreto de la actitud estaba en poner a prueba su resistencia frente a la tentación y al pecado.

Lo que practicaba fray Suárez podría entenderse como un ejercicio desconocido para acrecentar la fuerza de voluntad y hacer más valedera y merecedora la castidad delante de los ojos de Dios. Sin embargo, al tiempo que rebuscaba argumentos para explicarse la imagen repetitiva sintió que se tocaba el pene con disimulo y que sentía un deseo tan intenso que le hizo voltearse contra las sábanas y moverse con afán para apaciguar un poco lo que se le asemejaba a un ardor nada doloroso.

La historia comenzó a repetirse todos los días después del almuerzo, cada vez con mayores concesiones para el lado de la tentación y más remordimientos, porque no parecía ser capaz de controlar la cadena del mal que le estaba aprisionando. Hasta que llegó a la duda de si debía confesarse antes de seguir comulgando o dejar de comulgar en caso de considerar aquello como pecado mortal o antesala del mismo. Finalmente se tranquilizó un poco cuando pudo concluir, después de pensarlo una y otra vez, que mientras no se masturbara no caería en el pecado, y lo que hacía al medio día era la consecuencia dolorosa de una circunstancia que no estaba en sus manos. De pronto así, permaneciendo en esa especie de trance se podía quitar de encima el recuerdo de ese cuerpo desnudo que vio sin culpa ni malicia una tarde que ni quería recordar por tanto tormento.

Semanas después había llegado a la conclusión de que la técnica que estaba empleando para controlarse no le había dado resultado, pues sin estar plenamente consciente, quizás medio obnubilado por la pasión y llevado de la mano por el demonio, se había masturbado.

Ahora tenía en la cabeza dos cosas que le seguían dando vueltas. La imagen del fraile desnudo y la enorme sensación de placer que había sentido al masturbarse pensando en ella. Parecía por fin estar a punto de explicárselo todo, y si lo lograba quedaría libre de su obsesión. Era cierto que iba mermando en su cabeza la presencia perversa de fray Suárez, pero también se estaba masturbando a un ritmo que no se permitía desde meses atrás, cuando lo recibieron como aspirante a hermano de la comunidad.

Se iba desprendiendo de una cosa pero estaba cayendo en otra que sentía peor, por cuanto se encontraba en una terrible disyuntiva: o continuaba comulgando para que el padre maestro no entrara en sospechas de nada, a riesgo de comulgar en pecado y sometido a la ira Divina, o suspendía la comunión hasta confesarse con el padre Cendales y pedirle su sabio consejo de misionero en retiro. Lo que fuera tendría que ser cuanto antes porque le parecía llegar cada vez más pronto a un desconocido estado de desesperación que no lo dejaba tranquilo. Le dolía ya esa sensación permanente de ser presa de una fuerza interior que lo ataba veinticuatro horas al día al remordimiento.

Se le ocurrió una mañana en la meditación, poco después de la lectura de rigor, que podría salir de la situación si se atrevía a enrostrar la causa de su desazón. Iría a hablar con fray Suárez en los minutos que se dedicaban a arreglar las celdas después del desayuno y antes de las clases con el padre Roldán. Cuando fray Andrade tocó la puerta de su compañero notó que este le hizo, al abrir, un gesto de sorpresa.

Con rapidez le explicó que necesitaba contarle una cosa, en pocos minutos, y ojalá en ese mismo instante. Y así lo hizo. Esperaba sentirse más nervioso al narrar la historia, pero la reacción de tranquilidad del otro fraile le dio confianza y seguridad. Y al final se atrevió a pedirle un favor adicional: que le explicara qué obtenía con desnudarse así como lo había visto, pues necesitaba saber con toda sinceridad si se trataba de un acto para ponerse a prueba y fortalecer la voluntad, o si, por el contrario, era un acto de debilidad propicio al pecado. Fray Suárez esperó unos segundos antes de contestarle, y con la misma serenidad de antes le dijo que se había dado cuenta, semanas atrás, que él, fray Andrade, pasaba cada día por su ventana después del almuerzo y decidió ponerlo a prueba. Se desnudaría para que el otro lo viera al cruzar y se quedara pensando en qué era lo que estaba sucediendo. Por lo visto lo había logrado. Y le explicó además que él también se estaba masturbando con frecuencia, y a pesar suyo, desde aquel momento, cuando pensaba en la turbación de su compañero y en lo que le desencadenaba su imagen desnuda y provocadora.

Se confesó tres semanas después con el padre Cendales, y le explicó con un visible dejo de arrepentimiento que había aceptado una propuesta de fray Suárez, en el sentido de que la única manera de que ambos salieran de semejante embrollo era quizás tener una relación sexual juntos. Y se masturbaron el uno al otro, desnudos y sin tocarse otra parte del cuerpo distinta al pene, para ver si así cedía la obsesión que los poseía a ambos. Lo hicieron repetidamente, por las noches, en el mayor sigilo posible, tratando de contener cualquier exceso de la respiración, hasta que no supo en cuál de las sesiones amatorias resultaron entrelazados sobre la cama, dándose besos y acariciándose con tal frenesí que los envolvió un miedo sobrecogedor. Al final, cuando lo poseyó el remordimiento después de la eyaculación, decidió que pondría fin de una vez por todas a aquello, pues de lo contrario se vería forzado a abandonar el noviciado. Y así se lo hizo saber a fray Suárez, quien estuvo plenamente de acuerdo.

La penitencia que le impuso el confesor fue azotarse hasta rasgarse la piel tantas noches como había tenido relaciones con fray Suárez, y colocarse durante el mismo número de días un cilicio con púas en la parte superior de uno de sus muslos, para que el dolor al caminar le hiciera rechazar cualquier mal pensamiento que se atravesara por su mente.

De los efectos perniciosos de la ciencia ficción

El padre Jaramillo, o José Mario como le decían en confianza, era el director de Orientación Franciscana, una revista mensual que tenía gran acogida entre los lectores cercanos a la comunidad y sobre todo, entre una especie de iniciados en los asuntos de la Tercera Orden. La revista era el nexo entre ellos. Pero el éxito de la empresa periodística no se había podido medir con precisión hasta que al padre Jaramillo se le ocurrió, gracias a su enorme interés por los temas de ciencia ficción, comenzar la publicación de una novela en la que se contaban en detalle los contactos de seres extraterrestres con los humanos y que aparecería por entregas, con un calculado suspenso.

Los lectores se hicieron incontables. Mes a mes aumentaba el tiraje de la revista, para lo que estaba preparada la tipografía de los franciscanos en Cali, gracias al aumento de las solicitudes de suscripción y a la venta de números sueltos. Llegó un momento en que la revista era tan conocida entre lectores ligados de alguna manera a la comunidad, que el padre Jaramillo se podía solazar en su interior de los efectos vertiginosos de la circulación, gracias a su novela seriada.

Todas las cartas tenían que ver con la novela, con el suspenso, con los personajes, con la mesura en el tratamiento del tema y del idioma. Parecía como si el resto de artículos de cada entrega, de carácter formativo y de divulgación sobre las actividades de la comunidad, no interesaran para nada.

El padre Jaramillo trabajaba incansablemente cada día para que la revista circulara mes a mes, con tal de no decepcionar a los seguidores de su novela. Y además era el profesor de álgebra y secretario académico. Nadie más metía la mano en aquella dirección. Decidía sobre los temas, traducía algunos artículos, adaptaba, escribía breves textos sobre otras materias, seleccionaba las fotografías y diagramaba con un empleado de la imprenta que había aprendido lo elemental sobre la marcha. Escribía con paciencia, y sobre todo con fruición, cada capítulo de su novela de turno. Firmaba cada capítulo con seudónimo para no ir contra la modestia y disfrutaba cada vez que alguien le escribía al autor de aquellas historias, o hablaba en corrillos del suspenso que creaba la trama poblada de seres extraños de otros mundos.

Se diría que la felicidad no duró más de dos años. Lo que al principio se tomaba dentro de la comunidad como la punta de un iceberg que llevaría el espíritu franciscano a los cuatro vientos, con rapidez se fue convirtiendo en un nudo de recelos. Algunos superiores inmediatos comenzaron a verlo demasiado inmerso en mundanidades, en el comercio de una publicación que de alguna forma había perdido su intención primera, en el sentido de difundir los ideales de San Francisco y sus discípulos, para volverse una revista de aventuras extrañas a la cultura de la Orden y más interesada en sucesos sin fundamento en la tradición teológica de la Iglesia que en los contenidos apostólicos.

Fray José Mario trataba de convencer, con el mismo ímpetu que se le conocía, de que por igual se podían atraer los lectores con otros temas, y que un camino distinto no importaba tanto cuando llegaba, como los demás, al mismo punto. Demostraba con facilidad que los finales de sus novelas de ficción siempre estaban relacionados con un Dios todopoderoso que regía el universo y cada una de las leyes de sus movimientos y de sus extraños pobladores, con lo que no había lugar a otras visiones, y que los valores de los franciscanos estaban diseminados, de alguna forma un tanto sutil, en los caracteres de los personajes, en la bondad y humildad de los predestinados.

Resultaba claro en sus razones para no contradecir la doctrina católica acerca de que el hombre y el planeta Tierra eran el centro de la creación, por más que aparecieran otras criaturas de Dios en la inmensidad del espacio sideral. Pero sus contradictores encontraban con rapidez los argumentos para demostrar que ni en la trayectoria de la Orden ni en la historia de la Iglesia los seres de otros planetas y civilizaciones tenían cabida. Dios hizo al hombre a su propia imagen y semejanza, y por lo tanto resultaba grotesca cualquier fantasía que pretendiera compartir con los hombres la presencia y la preeminencia en el cosmos.

Aunque al padre provincial le parecían ingenuas y válidas las historias del padre José Mario, las insidias aumentaban cada mes, cuando aparecía un nuevo número de la revista. La presión del argumento hacía mella en el sacerdote. Debía preparar sus clases de álgebra, tener al día la secretaría, responder toda la correspondencia y atender informes, respuestas a cartas y comunicaciones y de alguna manera hacer de intermediario entre la comunidad y los seminaristas. Sin olvidar el programa de radio que emitían los lunes los de último año de bachillerato y la orientación del grupo de adolescentes de noveno que estaban en plena efervescencia sensorial. Y debía sacar tiempo para la revista, para pensar en los temas y escribir de noche, cuando todos estuvieran dormidos, las historias de los seres que llegaban a la tierra guiados por un Dios que tenía claras sus preferencias de antemano.

Me sorprendió una vez leyendo a hurtadillas El triunfo de la muerte, de Gabriel D'Annunzio, novela que estaba en el Índice de Libros Prohibidos y que había sido fuente de innumerables suicidios, según se decía entre los frailes, y me la hizo cambiar con delicadeza, para que no entrara en sospechas, por Las aventuras del padre Brown, un libro entretenido que hacía parte de los que G. K. Chesterton había escrito para demostrar que era tan capaz como Conan Doyle en el género policiaco. Me dijo que se trataba de un criterio de calidad: D'Annunzio había sido un decadente materialista, arrastrado por un falso amor pasional de fin de siglo, y en cambio el escritor inglés era tenido por uno de los más brillantes apologistas de la cristiandad en los tiempos modernos.

Estaba siempre pendiente de estas cosas. Se daba cuenta de qué libros sacaban de la biblioteca y llevaba cuentas en detalle. Eso le permitió darse cuenta de que otro de sus discípulos llevaba entre manos un libro forrado en papel de envolver que le causaba curiosidad fuera de lo normal al padre Jaramillo. Y como se sentía con autoridad por ser el guía de lectura del muchacho, aprovechó la primera oportunidad para hablar de literatura y preguntarle qué era lo que leía con tanta dedicación. El joven simplemente le extendió el libro. Se encontró entonces con una bella edición de 1927 de Cartas de mujeres, de Marcel Prévost, ejemplar que había permanecido sin explicación y por años en la biblioteca del seminario, seguramente como parte de una donación. Pero no se le ocurría con qué cambiarle la lectura al discípulo hasta que recordó que tenía sobre el escritorio un libro de Federico Fellini que recién le habían traído de España, titulado Giulietta de los Espíritus, dedicado a su esposa, Giulietta Masina. Y sin pensarlo dos veces le propuso el cambio. Una obra floja de Prévost, que no merece ni un escaño en el escalafón intelectual de nadie, por un clásico del cineasta italiano más importante de la historia. El argumento resultó convincente.

Fray José Mario tenía éxito en todo, sin proponérselo. Y eso al parecer era lo que causaba las envidias que rondaban sobre sus proyectos. Lo apreciaban los estudiantes, lo respetaban sus dirigidos, mantenía al día sus responsabilidades de secretaría, era tenido como un riguroso profesor de álgebra y sin dudas era el franciscano más leído en el país.

Por eso a nadie le extrañó en principio que un día, cuando ya el superior que lo respaldaba no tuvo más el voto del consejo provincial, el padre Jaramillo fuera trasladado de improviso al convento de San Benito y la revista encomendada a otro sacerdote que en el fondo estaba encargado de darle cristiana sepultura.

Del duro silencio que cayó sobre el fraile

Lo primero que se les ocurrió a los padres más influyentes de la comunidad, incluyendo a los de La Porciúncula, fue decir que no se trataba de la misma persona, que era impo-sible y que habría que esperar a que las autoridades confir-maran la información para estar seguros. El rumor, que se había propagado como la peor de las noticias posibles para los franciscanos, era que uno de sus frailes, estudiante de teología y una de las personas más preocupadas por los de-más, solícito y trabajador, no solo había ido a parar a la gue-rrilla sino que su presencia había sido confirmada en un asalto subversivo en el Bajo Cauca antioqueño. No se ha-blaba de otra cosa en el convento. Yo veía la televisión, con un grupo grande, para saber si en las noticias de la noche mencionaban algún; otros estaban pegados de la radio con el mismo propósito, en la sala de música, y algunos más ha-cían llamadas por teléfono y trataban desesperadamente de lograr contactos con personas influyentes para confirmar la tragedia. O para negarla. Yo mismo no acataba a pensar nada diferente a que aquello debía ser una lamentable equi-vocación de nombres, o que los rumores y las noticias ha-blaban de un homónimo del fraile. En dos o tres días todo quedaría aclarado y el nombre de los franciscanos, impo-luto. Un poco más tarde, la misma noche de conmoción, los primeros resultados se dieron por teléfono. Se trataba del fraile. Las noticias hablaban del Aurentino que hasta días antes había permanecido en la comunidad y sobre el que pensábamos que estaba de viaje familiar aprovechando un permiso por una supuesta calamidad doméstica. El golpe fi-nal lo propinó el noticiero de televisión de las nueve de la noche cuando mencionaron al fraile, explicaron con detalles la acción subversiva en que había participado, con arma en mano, y hasta mostraron una foto desenfocada. Yo quedé de una pieza. Y los demás como estatuas.

Conocía de cerca a Aurentino Rodas, el mismo con el que había trabajado de auxiliar en la enfermería, el mismo que adelantaba programas con niños de la calle en Bogotá, y el mismo que había hecho en el convento una campaña con argumentos contundentes en contra de las caries. Todos en La Porciúncula, al tiempo, sin ni siquiera un segundo de diferencia, nos convertimos en témpanos de hielo, sombríos y silenciosos frailes abismados por la decisión repentina de uno de tantos, pero sobre todo, aplastados por la contundencia del escándalo público.

La discusión que quedó para el día siguiente, pues había que irse a las celdas a las nueve y media de la noche, fue la misma en cada uno de los pasillos. Escondida, a media voz, porque se trataba de una determinación de los superiores, del consejo provincial, en la que no tenían nada que opinar los frailes del común. Los representantes de la comunidad decidieron, después de una reunión en la que estuvieron a punto de rasgarse las vestiduras, que no harían ningún pronunciamiento público ya que la Orden no era de ninguna manera la responsable de la actitud de una persona que había optado por irse para el monte, así creyera quizás que era el mejor medio para combatir la injusticia. Y los sacerdotes que se habían apresurado a dar declaraciones por la radio tan solo habían planteado sus posiciones individuales, que de ningún modo reflejaban el pensamiento ni el espíritu franciscanos.

Desde que Aurentino estaba en el seminario menor me parecía una persona dedicada a los demás. Era hiperactivo sin freno, siempre comprometido en actividades de todo género. Unas veces dirigía la asociación de apoyo a los misioneros, otras hacía deporte con mucho éxito o se dedicaba a la catequesis con jóvenes y niños abandonados. Pero en lo que lo vi sobresalir, por su presencia siempre eficiente, fue en la enfermería. Su solicitud y paciencia, su sonrisa siempre disponible y su tacto eran cualidades que los muy esporádicos enfermos agradecían con sinceridad. Y como pasaban semanas enteras sin que nadie tuviera necesidad de ser recluido en la enfermería del convento, el fraile dedicaba su tiempo libre a promocionar la salud, el ejercicio, la dieta sana y la mirada positiva sobre las cosas.

Varias veces a la semana iba a un barrio del sur en donde mantenía su programa de asistencia para niños de la calle. Nadie sabía cómo, pero el número de ellos crecía de tal forma que se veía obligado a tocar, con mayor frecuencia cada vez, las puertas de las instituciones especializadas porque el trabajo de fray Rodas no disponía, obviamente, de dinero ni de sede. Los niños acudían los miércoles y domingos a una escuela del barrio en donde colaboraba el fraile, los entrevistaba, apuntaba en un block viejo los datos de cada uno, les ofrecía algún refrigerio y los citaba para la semana siguiente a ver si podía encontrarles albergue. Se comentaba en el convento que el permanente contacto de Aurentino con niños en la más absoluta miseria, sin comida, techo ni afecto, lo había trastornado de tal manera que allí había comenzado el doloroso proceso interior que lo llevó a la decisión de ingresar a la guerrilla. Nadie podía decir que se le había notado algo, que estaba deprimido, fuera de sí o que no llevara su vida de comunidad como debía ser. Todo lo contrario. Era desde años atrás uno de los frailes más destacados por su sencillez, por su entrega a los demás, por su entusiasmo para cada cosa. Una esperanza de la comunidad. Lo poco que alcanzaron a averiguar fue que al parecer lo habían contactado en la escuela, gracias a su labor pastoral con los desprotegidos y poco a poco lo fueron convenciendo de que solo con las armas resultaba posible enfrentar la injusticia y, sobre todo, conseguir una vida digna para pobres o ricos, humildes o potentados. Ni una palabra se volvió a mencionar en La Porciúncula, ni en la comunidad, sobre Aurentino Rodas. Ni una respuesta a otras denuncias sobre sus actividades. Ni una oración en público.

Como si se lo hubiera llevado el diablo.

De las prohibiciones sobre la puerta de atrás

Sabrá usted que hace días prohibieron entrar al colegio Virrey Solís por la parte interior del convento. Es decir, desde que construyeron las celdas en el tercer piso de lo que era el internado para muchachos, quedó abierta una puerta que comunica La Porciúncula con un pabellón de salones de clase. Y algunos frailes comenzaron su peregrinaje. Iban y venían con más frecuencia de la deseada por el padre rector y por el padre maestro de coristas, pues las visitas interrumpían las clases, armaban corrillos inoportunos y daban pie a comentarios desagradables en los que la comunidad resultaba perdiendo. Ese fue el argumento en un principio. Sin embargo, recuerdo que comentamos que tampoco era tanto el tráfico de frailes hacia el Virrey Solís como para hacer una prohibición formal en una de las reuniones en la capilla. ¿Por qué el paso de dos o tres frailes por un corredor y una puerta que unen dos edificios preocupa tanto a los superiores? Casi nadie pasaba por allí después de la advertencia y los que lo hacían debían tener el permiso correspondiente. Sin embargo, a las pocas semanas hubo de nuevo un llamado de atención general y se hizo más énfasis en que abrir aquella puerta debía tener expresa autorización del superior inmediato. Y los corrillos, entonces, no se hicieron esperar. Los demás coristas nos preguntaban a los que vivíamos en el tercer piso qué era lo que estaba sucediendo, quiénes iban con más frecuencia y demás detalles que en realidad no conocíamos, con una curiosidad alborotada por las advertencias. Empezamos a conversar del asunto, en el afán de entenderlo, pues ya era casi una necesidad conocer lo que había detrás de tanta insistencia. Como cuando estuvo sobre el tapete el tema de los frailes chocolateros sobre los que el padre Calle recalcaba tanto, con impaciencia notoria, porque con sus muy frecuentes visitas a casas ajenas para charlas superfluas con damas solitarias y tomar chocolate con almojábana, hacían quedar muy mal a la comunidad por sus actitudes nada edificantes. El ambiente se tornó pesado por aquellos días pues todos estaban pendientes de quiénes pasaban y quiénes no por la puerta prohibida para tratar de aplacar la curiosidad. Sin embargo, en los días siguientes a las advertencias nadie daba la menor pista. Hasta que volvieron las palabras severas del maestro de coristas. Nadie entendió de qué se trataba porque la puerta no había sido franqueada más que por uno u otro sacerdote que eran profesores en el colegio, y en horas normales. Las inquietudes del comienzo se convirtieron en preocupaciones comunes, y los comentarios se volvieron pan de cada día, conversación obligada en los descansos, hasta el exceso de aprovechar los partidos de fútbol para intercambiar sospechas aprovechando que nadie más se daba cuenta ni alcanzaba a escuchar los nombres de los señalados. Dos semanas más tarde el padre maestro tuvo que volver a mencionar el tema en la capilla, una mañana, en vista de que nadie hablaba de otra cosa en el convento, con la gravedad adicional de que aquello se había convertido en una enorme telaraña de chismes en los que todos resultaban inculpados, comenzando por nosotros los del tercer piso y terminando por los más circunspectos coristas, a pocos meses de ordenarse. Quedaba prohibido entonces hablar de ello, en todos los espacios y así fuera entre dos frailes, so pena de ser obligados a decir la culpa en el refectorio. Y la verdad, ninguno parecía estar interesado en semejante vergüenza en el coristado. Nadie mencionaba nada, por lo menos delante de testigos. Pero lo cierto fue que unas tres semanas más tarde, cuando parecía que el fantasma del tercer piso se había esfumado gracias a los oficios del padre maestro y a la obediencia a medias de los frailes, la puerta que comunicaba el coristado con el Virrey Solís apareció con un gran candado. Se dijo que uno de los hermanos encargados del mantenimiento en La Porciúncula lo había instalado por orden del padre maestro y de acuerdo con el padre rector del colegio. Y sin que se empleara ninguna palabra y menos se diera una contraorden, los frailes volvieron en masa a los comentarios de pasillo porque la situación ya rebasaba cualquier medida. Se supo desde ese momento que los rumores estaban a la orden del día al otro lado -es decir entre los muchachos y profesores del colegio- pues a pesar de todos los esfuerzos del rector del Virrey Solís las filtraciones de información eran imposibles de reprimir. Incluso, hablaban de un fraile que había sido sorprendido en un salón de clase, ya sin hábito, con un estudiante adolescente, ya sin ropas, el mismo que contó ante la presión del rector y del consejo de disciplina que no era la primera vez y que el corista se las ingeniaba para pasar al colegio sin que nadie sospechara, e incluso había llegado a conseguir una de las llaves del candado de una puerta que a duras penas había servido para marcar en la mente de todos el resbaladizo terreno entre el bien y el mal.

De cómo se contabilizan las tentaciones

Me sentí más vulnerable, como víctima indefensa, cuando el padre Murillo me explicó en su despacho los trámites del método de control de la castidad. "Es sencillo", dijo apenas saludó y puso sobre el escritorio color madera avejentada un sobre ligero en el que venían todos los implementos para cada fraile. "En la tarjeta que ya conoces se coloca la fecha de la quincena correspondiente y se marca cada día, en todas las casillas según las experiencias personales, de menor a peor, es decir, de plena castidad cumplida a pecado".

Me quedé mirándolo como si no entendiera y de inmediato agregó que estuviera tranquilo. Si caía, no cometía un pecado adicional. Era el mismo que merecía por regodearme en malos pensamientos, en miradas indiscretas fuera de tono o por masturbarme así estuviera medio dormido, contra el colchón y sin utilizar las manos. "En estas cosas no hay grises. O permaneces casto, entendiendo el asecho de las tentaciones, o caes si te excedes en cualquier actitud complaciente. Vienes al día siguiente de cumplida la quincena y hacemos un balance. Los resultados me proporcionan un puntaje general y una curva que yo dibujo en mi libro de control, lo que nos permitirá ir sabiendo cómo está tu castidad en un tiempo más largo y cuáles son las tendencias de todos los jóvenes comprometidos en el control, cosa que nos ayudará a los superiores para -sin que se conozcan los detalles de cada fraile- pensar y proponer medidas remediales que ayuden a superar los índices de reincidencia".

"Eso me suena a simple medición estadística", alcancé a decir con vergüenza, observando más en detalle la tarjeta verde. "Sí, parece, pero es un método sencillo y diáfano, probado ya en España como te dije, que hace más ágiles los procedimientos y nos permite asegurar una castidad a toda prueba, al límite del deber ser y bien lejos de las conductas desordenadas. ¿Ya te queda todo claro?" "Sí, padre". "Arrodíllate entonces aquí", señalaba el lado izquierdo de su asiento, "y lee esta oración". Me acomodé en el piso gris de baldosa ordinaria, levanté el librito hasta la altura de mis ojos y leí: "Señor de infinita caridad…". Ya no me acuerdo cuánto duró la lectura de esa media página, pues durante la pronunciación de cada frase pensaba en lo que me estaba metiendo. Una nueva promesa con riesgo de ser quebrantada y con posibilidad de ir derecho al infierno, ahí si. Más promesas para frenar las debilidades, más leños atravesados hasta la represa que se desbordaría sin saber cuándo. A estas alturas pronunciaba sin mucha fuerza, sutilmente, aunque con suficiente claridad como para que Murillo alcanzara a escuchar y no me dijera, repita esa frase.

Me volvía a la mente la imagen del cuadro de control, verde claro, virgen, a la espera de recibir mis sinceras anotaciones de cada día. ¿Podría tanto? Cada jornada sería de emulación para la siguiente. Si hoy regular, mañana fuerte. Si hoy desfallecí, mañana seré incólume. Y así hasta el balance quincenal, hasta revelarle los detalles al padre Murillo para que pueda hacer sus comentarios y recomendaciones, tan fáciles desde el escritorio. Decir aguanta la tentación, no cedas un milímetro, no le permitas a la mano recorrer de la cintura para abajo excepto en la ducha, con cuidado y atención, sencillo. Pero en los linderos del sueño el mundo quedaba patas arriba, frágil. Y yo como él.

A mi oración se encadenaba otra, esta vez en boca de Murillo, aleccionadora. Bendición y promesa solemne de no hundirse en el pecado de la impureza, pero a medida que yo repetía las palabras del confesor, pues en ese momento fungía de tal, se me cruzaba por la cabeza, sin quererlo, inevitablemente, la primera tentación de la mañana, la primera contradicción. ¿Por qué si estoy rezando para apuntalarme contra el pecado, el demonio me cerca con tentaciones insufribles, que no sé si disfrutar o detener? ¿Por qué tengo que imaginarme a la muchacha que viene a la iglesia, caminando desnuda por los pasillos del convento, blanca y brillante, ángel o demonio? Y como nunca había visto a una mujer ya formada sin ropas, en mi fantasía la representaba semejante a las muñecas de plástico. Rosada y sin sexo. En adelante se confundía todo en mi cabeza.

Me levanté después de recibir la bendición, escribí mi nombre y firmé la tarjeta verde que el padre colocó sobre el escritorio, firmó él, la dobló y me la entregó diciendo cuida cada casilla, vigila, permanece atento. Vuelves dentro de quince días a la misma hora.

Salí atontado, a sabiendas de que el poder del infierno se vendría contra mi frágil humanidad. Me sentía vulnerable pero al tiempo fuerte. Recordé la oración al ángel de la guarda, que sabía desde niño, pero el hechizo se desbarató cuando al segundo las palabras del padre Botero en ese entonces me cayeron encima: "El ángel de la guarda es una bella imagen, pero no tenemos espíritus guardaespaldas; si no, sería muy fácil". Dentro del bolsillo de la manga ancha del hábito guardé la cartulina, como para no saber de ella por lo pronto.

De los castigos por las debilidades del cuerpo

Se había distinguido por ser uno de los mejores deportistas del grupo, desde siempre. De estatura media, complexión fuerte y ágil, fray Martínez sobresalía en todo aquello que significara esfuerzo físico, destreza, respuesta. Y también por ser uno de los mejores oradores de su promoción, premio que se había ganado con ventaja en el concurso anual que organizaba el padre Burgos en su afán de conservar cierta tradición de la que se ufanaba la comunidad, y de la que el padre Velásquez –con fama nacional desde la dictadura de Rojas Pinilla– era el más reconocido de los representantes.

Pero de un día a otro comenzaron a verlo en cierta forma disminuido, como si ya no resistiera los retos de antes o tuviera que hacer mucho más esfuerzos para lograrlo. Pensaron que se trataba de algunos efectos de la vida conventual, un tanto sedentaria, o quizás de la mayor atención que se debía prestar a los procesos espirituales antes que al culto del cuerpo, una especie de cárcel de la que Dios había provisto a los hombres para hacerlos merecedores de mejores experiencias en la eternidad.

Sin embargo, fray Martínez cada vez se tornaba más silencioso, ensimismado, flaco e inexpresivo. Pasaron semanas antes de que alguien se atreviera a comentar algo en público, pues la manera en que cada fraile asumía su compromiso con la propia vivencia de lo religioso permitía una distancia respetuosa.

Una primera alarma, indirecta pero general, se dio una mañana en la iglesia mientras todos rezaban concentrados el Oficio Divino. El fraile dejó caer el breviario, lo que causó un ruido inusual en medio del coro asordinado del salmo. Todos voltearon a mirar con discreción y advirtieron que el novicio se mantenía en pie, rígido y pálido, como si no se estuviera dando cuenta de lo que sucedía. El compañero de al lado se agachó a recoger el libro, se lo puso entre las manos y el rezo, que se había interrumpido por segundos, continuó su ritmo a pesar de que fray Martínez seguía ensimismado, con al mirada fija en el altar y los ojos más abiertos que de costumbre.

Comentaron después del arreglo de las celdas, antes de la clase, sobre si el fraile estaba enfermo y había sufrido una especie de ausencia mental, o si estaba tan concentrado en la plegaria que se había sumido en una escala superior de compenetración espiritual al parecer próxima al éxtasis. Pero no. Tampoco era para tanto. Sabían de algunos arrebatos místicos del novicio, de sus cambios recientes, de su enfrascamiento en lecturas sobre los mártires y ascetas más severos consigo mismos, pero la conclusión sin duda debía estar por los lados de la salud, pues últimamente fray Martínez comía muy poco.

El padre maestro le sugirió, delante de los compañeros pero sin que nadie se enterara de las palabras exactas, algunas cosas sobre las que el novicio asentía con la cabeza y la mirada baja. Y cuando lo vieron comiendo mejor y participando un poco más en los horarios para departir en comunidad, entendieron las recomendaciones.

A las dos o tres semanas las cosas volvieron a su punto. Fray Martínez no comía casi nada. Medio pocillo de chocolate al desayuno, un poco de agua de panela en la media mañana, apenas una sopa al almuerzo y un pan con café a la comida. Ese régimen, mas el olvido de la actividad física que solo reanudaba cuando se lo exigía el superior, junto con el encierro voluntario, la lectura continua sobre la vida de los ascetas y su charla siempre encaminada al mismo punto, alrededor de la renuncia de sí mismo y mantener a raya el vil cuerpo, completaban un panorama que le permitía a todos los demás novicios darse cuenta de que su compañero terminaría en la enfermería antes de lo imaginado. No fue así tan rápido. Aunque cada vez se le veía más pálido y delgado, y más ensimismado, mantenía su atención en cada uno de los menesteres propios del grupo y en los que se encomendaban individualmente, de tal manera que el padre maestro no encontraba argumentos para hacerle comer mejor o exigirle mayor participación o más estricto cumplimiento.

Se le sentía presente pero lejano, prefería los rincones y el aislamiento, mascullaba plegarias en soledad y levantaba la voz a veces desmesuradamente durante las oraciones en comunidad, como si tratara de hacer evidente un afán de contrición sin límites, inagotable, en el que resultaba lógica su actitud de constreñimiento.

El hábito se le notaba grande, amplio en su cuerpo magro, y la capucha sobre su cabeza, en las mañanas de frío a ras de cero grados, daba la sensación de esconder los ojos hundidos y resaltar los pómulos salientes. Y en las noches después de las nueve y media comenzaron a sentirse en el corredor de su celda, en el primer piso, ruidos ajenos a las costumbres de los novicios que a tales horas estaban preparando su cama o apagando la luz para entregarse al sueño en medio de una plegaria adormilada.

La respiración del fraile se volvía más acompasada, fuerte, despaciosa, y entre las inspiraciones y espiraciones se escuchaba una especie de golpe largo, extendido y, a veces, acentuaba sus lamentos. Los compañeros cercanos comenzaron a hablar entre ellos acerca de lo que hacía fray Martínez a semejante hora, aunque sin malicias. Se trataba de recoger suficientes certezas para comentarle al maestro, aunque les molestaba esa actitud de meterse en la vida íntima y espiritual de otro novicio. Pero estaba de por medio la salud del fraile.

La verdad es que no podían entender la ceremonia secreta detrás de la puerta de madera. No debía ser nada pecaminoso, con seguridad, pero tampoco algo identificable al momento que permitiera despejar las dudas. Se les vino a la cabeza entonces la salida perfecta: Fray Martínez se dedicaba a hacer gimnasia antes de acostarse, con la asiduidad que le conocían desde el seminario menor, y eso explicaba con claridad tanto el acompasado ruido nocturno como la fortaleza física de un novicio que se daba el lujo de someterse a dietas imposibles para los demás.

Dejaron de preocuparse tanto por los quejidos nocturnos del fraile, por su flacura transparente, por los pómulos sobresalientes y el cuerpo más parecido cada vez al de San Pedro de Alcántara, aunque les resultaba difícil ignorarlo en la iglesia y en la capilla a la hora de los rezos, cuando recobraba una energía recóndita que le daba fuerzas y una actitud de guerrero invencible.

El escándalo reventó la mañana en que los frailes encontraron al levantarse un camino de gotas de sangre fresca que iba desde la celda de fray Martínez hasta los baños del primer piso. El murmullo, aplacado ante la posibilidad de un vaso nasal reventado, se hizo denso en la iglesia a la hora de la comunión porque encontraron que en el puesto de fray Martínez quedaba una mancha roja y fresca sobre la banca, y al observar su hábito se veía empapado en la parte superior de la pierna izquierda.

El padre maestro le indicó con delicadeza que debía irse para la enfermería hasta nueva orden, al tiempo que sus compañeros quedaban anclados en una incertidumbre que apenas pudieron resolver después del desayuno cuando el padre Roldán les explicó, a la salida del refectorio, que su compañero estaría unos días en tratamiento porque una debilidad profunda le había afectado cada centímetro de su cuerpo y tenía una pequeña herida en la pierna.

Se preguntaron con la mirada, como en secreto, sobre la causa de aquella sangre abundante que no salía de la nariz y que difícilmente podría ser un accidente. Pero no había otra explicación razonable. Aunque yo, uno de sus vecinos más cercanos, murmuré una frase que venía pensando y los dejó perplejos: debe ser el resultado de un cilicio.

No pasaron muchas horas antes de que los frailes estuvieran atando cabos. Cayeron en la cuenta de que fray Martínez era experto en la manipulación de alambres y había hecho las camándulas a muchos novicios, de que hablaba más de la cuenta de su devoción y admiración por el santo de Alcántara, y de que, en el fondo, pretendía parecérsele. Los cilicios eran la conclusión evidente. Por eso las dificultades en moverse a veces y las evasivas para hacer deporte. Y con seguridad, en su afán de hacer más contundente el auto castigo, debió enterrársele en la piel una parte de aquella cadena con puntas que parecía un alambre de púas recortadas.

El padre Roldán daba brevísimas noticias diarias sobre el estado de salud del novicio, y permitía visitas de cinco minutos en grupo, en las que no se pasaba de los saludos protocolarios y de los votos por la mejoría. La recuperación era lenta a pesar de que no se había presentado infección alguna. Se supo en esos días que el fraile usaba, por turnos, cilicios en diversas partes del cuerpo y que se había excedido en el cálculo de su fortaleza física.

La mañana anterior al regreso de fray Martínez a las actividades rutinarias del noviciado, después de doce días en la enfermería, el maestro dijo antes de la clase de latín que quedaban terminantemente prohibidos los cilicios, de cualquier material, y que nadie podría utilizarlos sin la aprobación expresa suya en cada oportunidad.

Del trago amargo a causa de los libros

Desde que el padre maestro me dijo que le llevara todos los libros que tenía en la celda, me dediqué en los ratos libres a sacudirlos uno por uno y a empacarlos en las cajas de cartón que conseguí con el hermano ecónomo.

Ya me habían advertido que era mejor que se los mostrara para la respectiva aprobación, pues en el noviciado no se permitían libros ni publicaciones en tanta cantidad a menos que antes fueran revisados y aceptados por él.

Releía los títulos con fruición, despacio, y hacía cálculos sobre cuáles me retendrían mientras tanto y cuáles me quitarían definitivamente. De todos modos estaba tranquilo pues las dudas eran pocas. Tantos libros de espiritualidad, sobre los místicos, sobre la historia de la Iglesia, los mártires, mariología, y sobre la vida sacerdotal, no iban a ser presa fácil de los severos criterios del padre Roldán.

Como me recordara que aún estaba esperando los libros, decidí entonces llevarle caja por caja a medida que alguna estuviera llena y bien empacada. Sin tomarme afanes. Una cada día para completar las cinco que me gasté acomodando los que me quedaban desde que comencé a coleccionarlos. Dos semanas después de haberlos entregado todos, acudí a su celda, en uno de los rincones estratégicos del segundo piso del noviciado, con la intención de pedirle que me devolviera algunos para aprovechar el tiempo libre en su lectura.

Se quedó mirándome fijamente, sorprendido, hasta que después de unos segundos me dijo que el examen de la mayoría de los libros no resultaba difícil, pero que se tomaría todo el tiempo que creyera necesario en devolvérmelos.

Mientras tanto, debería ir a la pequeña biblioteca del noviciado, que manejaba en esos días fray Bernal y que después sería puesta en mis manos, a leer otras cosas que alimentaran mi espíritu, sobre todo a San Buenaventura, uno de los pensadores fundamentales entre los franciscanos, y los textos indispensables sobre San Francisco. Y aprovechaba que yo lo observaba sin pestañear para seguir con su discurso, e insistía en que por un tiempo relativamente largo mejor leyera escritores de la Orden para que pudiera conocer a fondo la historia y el pensamiento colectivo de una de las comunidades más antiguas de la Iglesia Católica.

Entendí el doble sentido de las frases del padre Roldán. Que leyera más y casi exclusivamente sobre asuntos y autores clásicos de los franciscanos, obvio. Y que por lo pronto no me iba a devolver los libros. Por eso la vez que me llamó después de almuerzo para que me reuniera con él en la celda del segundo piso, supuse que me iba a entregar mi más amado tesoro. Y así fue. Sin embargo, se detuvo en el momento de abrir la puerta, cuando salí cargando una de las cajas, para decirme que de ese lote se quedaba con el Nuevo Testamento pues yo debía saber que aquella era una versión no autorizada por la Iglesia y por lo tanto ni debía ser objeto de lectura en el noviciado. A lo sumo podría utilizarla como texto comparativo cuando estudiara teología y pudiera darme cuenta de las diferencias interpretativas con los protestantes. La versión Nácar-Colunga era la mejor en español y una de las pocas autorizadas por la Roma en dicho idioma. Ni siquiera la versión ofrecida por la Biblia de Jerusalén era recomendable desde el punto de vista de la fidelidad a los textos originales en griego y en hebreo, por más que tuviera el imprimátur y el nihil obstat del caso, pues primero había sido traducida de esos idiomas al francés y luego de éste al español, y tantas versiones cada vez más alejadas de las fuentes primarias necesariamente creaban, por lo menos, dudas y sospechas.

Titubeé un poco antes de disculparme y le conté que el librito del Nuevo Testamento me lo había dado un amigo de Marquetalia durante las últimas vacaciones de bachillerato y que me había llamado la atención porque era pequeño, fácil de cargar y hasta hermoso.

Durante la devolución de las demás cajas el maestro de novicios no me dijo nada en especial. Me las fue entregando una a una, cada mes o mes y medio, como se si hubiera tomado tanto tiempo en examinar lo que él bien conocía. Yo sabía que su actitud quería poner a prueba mi paciencia, mi sometimiento a la voluntad del superior, mi humildad para aceptar su veredicto aunque llegara a parecerme desacertado o injusto.

En la última entrega, a los siete meses, parecía al fin un poco más explícito. Tenía sobre su escritorio algunos de mis libros, que yo podía observar por el lomo forrado en plástico de colores, lo que no me impedía reconocer los títulos. Tomó en sus manos uno por uno, con mucha calma, aunque haciendo esfuerzo para contener la impaciencia. Según su criterio, Don Quijote de la Mancha, en la edición de Aguilar con pastas en cuero y lomo dorado, no era un libro recomendable para un novicio, primero porque era lujoso y sobre todo porque sus alusiones a religiosos y sacerdotes casi siempre resultaban desafortunadas, irrespetuosas y ligeras, en vista de lo cual mejor lo conservaría durante el resto del año. Tenía también serias dudas sobre esa Antología de poesía colombiana de todos los tiempos, pues si no negaba la posible calidad de tales escritos, en definitiva no eran conveniente lectura para una persona que se estaba preparando para entregar, de manera definitiva, su vida al servicio del Señor, motivo por el cual también lo retendría durante el noviciado.

Uno que me devolvería también al final, con la solemne condición de que lo donara después a la biblioteca de La Porciúncula, era ese titulado María, pues lo poco que había leído le daba la sensación de que era un romance llorón que no tenía por qué interesar a un franciscano que no se fuera a especializar en literatura, y hasta donde él sabía, esas no eran mis intenciones.

El padre maestro habló largo conmigo. Yo lo escuchaba sonrojado pero sin quitarle los ojos, atento a cada una de sus frases e inflexiones. Suspendió de pronto los comentarios sobre los libros que reposaban en su mesa de trabajo. Habló de las diferencias entre los franciscanos y otras órdenes, comunidades y congregaciones, y sobre todo de los criterios que se debían tener y manejar en cuanto a las lecturas. Aquellas que de alguna manera fueran un distractor de los fines perseguidos en la vida religiosa, debían ser desplazadas por las que aportaban al enriquecimiento interior, y de ellas había en abundancia en las bibliotecas de la comunidad.

Me di cuenta de que hablaba con tranquilidad, sin la impaciencia del comienzo de la sesión, aunque sobre la mesa quedaban aún cuatro volúmenes de los que debía esperar algún comentario. Y así fue. No se explicaba por qué conservaba un libro de Papini, un escritor que si bien se convirtió al catolicismo al final de su vida, publicó no pocos libros inconvenientes, y condenables otros, tanto que creía recordar que alguno de ellos había sido incluido en el Índice. Descubrimientos Espirituales, de Giovanni Papini, eran una especie de disculpa para incursionar en materias tan delicadas y exigentes como la Sagrada Biblia y la cristología, en las que no tenía ninguna autoridad ni conocimiento profundo. Había que admitir que Papini era creyente y respetaba y acataba las normas de la Iglesia, pero carecía de formación en teología como para proponer meditaciones supuestamente originales. Por supuesto, aquel libro sería retenido definitivamente.

No alcancé a imaginarme por qué el maestro había dejado precisamente mi Biblia Nácar-Colunga entre los libros sobre los que tenía objeciones. Quedé entonces perplejo cuando me dijo que era mejor que cortara con cuidado y rasgara la hoja en la que aparecía una dedicatoria, pues los términos de aquella no eran nada convenientes para quien se aprestaba a servir a Dios sin esperar recompensas mundanas. Yo recordaba perfectamente que la dedicatoria a que aludía el padre Roldán decía: A mi querido sobrino, en el día de su graduación, como recuerdo de la culminación de una etapa importante de su vida, y como esperanza de que sus realizaciones futuras sean grandes y elocuentes, y se conviertan en motivo de orgullo para todos nosotros.

Y en cuanto a El Pobrecillo de Asís, libro sobre San Francisco que él no conocía, era mejor que me empapara de los textos en los que más confiaba la Orden, como la biografía escrita por Tomás de Celano y Las Florecillas de San Francisco. Mientras tanto, se quedaría con la obra de Nikos Kasantzakis.

De nuevo se puso al borde de la impaciencia en el momento en que tomó entre sus manos el último de los ejemplares que quedaban sobre su mesa. Dijo mostrarse muy preocupado y perturbado porque un fraile tuviera entre las muy pocas pertenencias permitidas un libro de Renan, por más que se tratara de la Vida de Cristo, pues era un título incluido hacía muchos años en el Índice de Libros Prohibidos gracias a su versión materialista y supuestamente humanizada de El Salvador. Me puse rojo de la vergüenza. No dije en principio nada, pero ante su insistencia le conté que lo había comprado ingenuamente en una librería de Bogotá, e inclusive le pregunté al librero cómo le parecía esa historia de Cristo, y el señor me había dicho con mucha seguridad y convicción que era una de las más apasionantes que había leído jamás.

El padre Roldán me aseguró entonces que no había ninguna biografía de Cristo, por seria, documentada y aprobada por la Iglesia, como la del padre Ricciotti, y me pidió con vehemencia que me restringiera a ella sin ninguna duda y con la plena seguridad de que estaba leyendo un trabajo no solamente muy bien investigado, hasta donde las fuentes lo permitían, sino también hermoso y apasionante. Me ordenó, finalmente, consultar con él todas las decisiones de lectura y aceptar sus recomendaciones y las del padre Murillo, el director espiritual, pues de lo contrario estaría poniendo en peligro mi anhelo de consagrarme sacerdote entre los franciscanos. Muy silencioso, pasé el trago amargo.

Del destino remoto como el más duro castigo

Esa tarde el padre Lepera bajó desde su celda en el segundo piso, en La Porciúncula, a los baños que quedaban al lado de la entrada a la huerta, se encerró por más de media hora y lloró confundido por sus sentimientos. Todavía llevaba la carta en sus manos, una hoja blanca con no más de cuatro renglones, el logotipo de la Orden y una fecha en la que ni se había fijado. La volvía a leer incrédulo, como sin entender a cabalidad no tanto lo que le ordenaban allí sino las motivaciones del padre provincial para enviarlo a Guapi como profesor de un colegio de bachillerato anclado en el remoto sur de la Costa del Pacífico. Me lo dijo después, sin resquemores, cuando estaba de nuevo en el interior del país, que aquella había sido la culminación, para él y para muchos otros franciscanos, de una rivalidad entre dos facciones de la comunidad que batallaron en silencio, con las punzantes armas del poder conventual, para imponer criterios diferentes sobre la observancia. La conmoción de Lepera duró mucho más de la media hora en el baño y la semana que le dieron para empacar sus pocas cosas, libros, ropa vieja, dos hábitos, dos pares de sandalias, unos zapatos tenis y tres ceniceros de vidrio que repartía estratégicamente en la celda para no tener que interrumpir lo que estaba haciendo cuando debía apagar un cigarrillo. Partió en silencio, un amanecer, hacia el aeropuerto, después de que una veintena de frailes cercanos acudiéramos la noche anterior a su celda a despedirnos en medio de abrazos y murmullos entrecortados. No había podido conciliar el sueño, y desde la cama repasó en el techo, como en una pantalla de cine sin más sonido que el ritmo apresurado de su corazón, los momentos significativos desde que había llegado de la Universidad de Lovaina, directo al coristado, a enseñar teología y filosofía y a hacerse a un nombre respetable entre sus decenas de discípulos. Las satisfacciones personales y el servicio a la comunidad le daban fuerzas en aquellos momentos, y quería tenerlos presentes en cada instante de debilidad, para no sucumbir ante la rabia ni permitirse reacciones visibles más allá de la puerta de su celda. Su mejor amigo, el padre Santos, lo esperaba en la portería del convento para acompañarlo hasta el aeropuerto a tomar el avión que lo llevaría a Cali, donde a su vez debía abordar la avioneta para Guapi, una población que apenas conocía por fotos y de la que tenía vagas referencias de los misioneros que habían pasado por allí y periódicamente iban a alguna de las ciudades del interior a respirar otros ambientes.

Guardó silencio todo el tiempo. Sabía que en su vida de sacerdote era el momento más complicado, por decir lo menos, y se lo había dicho la noche anterior a fray Santos minutos antes de que éste se fuera a dormir. El más difícil. El más confuso. Y eso le generaba un miedo adicional. Pero también estaba seguro de que en Guapi encontraría la paz interior que necesitaba para rumiar lo sucedido, escribir, recoger experiencias y mirar la vida apostólica de otra manera, quizás más cercana a la realidad de los olvidados y de los pobres. En Cali no tenía tiempo de ir al convento de San Joaquín, ni quería hacerlo. Esperó en Palmaseca el momento de subir a la avioneta y apenas se tomó un café y compró una revista de la Universidad de Antioquia que se encontró de casualidad en una vitrina. La publicación le hizo recordar de inmediato a Franciscanum, una de las responsabilidades que más satisfacciones le había prodigado en sus años como profesor y decano en La Porciúncula, y alrededor de la cual había hecho amistades inolvidables y contactos definitivos en su carrera. Nunca había contemplado aquel paisaje desde un avión pequeño que parecía apenas una hoja seca al vaivén del viento y de la voluntad de Dios. El paso sobre la Cordillera Occidental le dejaba al descubierto un panorama abrumador y en apariencia impenetrable que parecía anunciar el mundo nuevo con que iba a encontrarse, esa planicie selvática de un verde compacto que colindaba al final con todo el horizonte del mar también verdoso, denso y enigmático. Pensó de nuevo en sus años en Europa, en su viaje de graduación por distintos países, en la ansiedad que le produjo entonces el sucesivo encuentro con ciudades deslumbrantes, museos majestuosos y conventos repletos de historias y fantasmas, y sobre todo en el impacto interior que sintió cuando lo llevaron al muro de Berlín y pudo verlo en su tamaño y agresividad desde una pequeña torre para turistas occidentales. Desde el aire le parecían el mar y la selva dos muros que se peleaban márgenes enormes de vida, que garantizaban una soledad aplastante y ofrecían al tiempo el reto de olvidarse de las vanidades personales, de la academia como poder y futuro dentro de la comunidad, para dedicar la vida que tenía delante al trabajo con los jóvenes negros de una zona que necesitaba con urgencia permanecer al lado de Dios e integrarse al país. Desde que llegó al pequeño aeropuerto a unas cuadras de la población, el padre Lepera entendió lo que le había deparado el destino, aunque no podía creer en algo así. Su formación religiosa, de tendencia racionalista en muchos aspectos, lo obligaba a culparse a si mismo y a aceptar el designio divino. Padeció meses enteros de depresión escondida en Guapi, lo atravesaron pensamientos retorcidos gracias a un repentino ánimo de venganza, aunque sentía siempre al final que no valía la pena y que aprovecharía los años de lo que consideraba un destierro para dedicarse a estudiar y a escribir sus cosas. Ahora que vuelvo a saber del padre Lepera, después de tres años, me cuentan que es otra persona. Sereno, equilibrado, sin los arranques temperamentales de antes, quizás más introvertido, pero ante todo poseído de una entereza tal que de nuevo se había convertido desde Guapi en el respaldo intelectual del movimiento separatista de los franciscanos que defendían una observancia en serio.

De los oficios misteriosos del fraile perdido

Solo caímos en cuenta de que los puestos vacíos en la capilla y el refectorio eran del mismo fraile cuando, con el sigilo habitual al comienzo y después como vox populi, se dijo en una mesa donde jugábamos cartas una noche, que el corista Emilio había sido trasladado a un convento de la zona cafetera por decisión inapelable del padre provincial.

El asunto tenía que ser delicado porque a un seminarista avanzado no se le separaba con facilidad de sus estudios, y menos en mitad de semestre, pues se suponía que le cancelarían todas las materias. Y no nos demoramos mucho en saber qué era lo que estaba sucediendo, pues al día siguiente, después de las lecturas del martirologio al inicio del desayuno y cuando el superior concedió el permiso para conversar, alguien de la mesa nuestra contó con más misterios de los necesarios que a fray Emilio lo habían sorprendido en malos pasos pero que no tenía detalles.

Cada fraile ocupaba el mismo puesto en la capilla y en el refectorio durante un año. Al siguiente, como llegaban los nuevos y los recién ordenados eran trasladados a diferentes conventos, se nos asignaba un lugar diferente. En esas vecindades todos nos íbamos viendo las caras, es decir, sabíamos después de unas semanas quiénes estaban cerca y más o menos quiénes quedaron más lejos. Y como conocíamos el orden de acomodación, calculábamos a ojo los espacios de los grupos, por lo menos.

De Emilio, a secas, pues así le decíamos por su carácter áspero y su actitud callada, sabíamos que era regular estudiante pero excelente deportista. Jugaba con éxito al fútbol y al básquet en la defensa, trotaba kilómetros sin desfallecer y hacía ejercicios de fuerza con disciplina y resultados evidentes. Además, no participaba con gusto en actividades diferentes, sus amigos eran pocos y se ofrecía para recoger las limosnas después de las misas los domingos y días de fiesta, actividad por turnos que a la mayoría nos parecía tediosa e incómoda. Fuera de las canchas daba la sensación de estar siempre encerrado en la celda o atendiendo compromisos en la sacristía. Por eso los que estábamos algo retirados de su lugar en la capilla y en el refectorio no notamos su ausencia. Y si alguno de nosotros veía un hueco en una banca o en una mesa, nunca tenía razones para sospechar nada, pues eran múltiples las actividades a las que los frailes se comprometían con el obvio permiso del padre maestro. Por eso no le pusimos atención a las faltas de fray Emilio.

El hecho fue que el padre Calle empezó a notar una banca de la capilla con un frecuente espacio vacío, por lo regular al medio día, cuando rezábamos los salmos del Oficio Divino antes del almuerzo. Y luego en el refectorio encontraba el hueco en la mesa correspondiente al mismo fraile, sin que ninguno de sus compañeros supiera de algún compromiso o tarea que le hubiera sido asignada.

Dos veces a la semana, por lo menos durante mes y medio, el maestro tomaba nota de esas ausencias. Hasta que decidió conversar con el fraile para tener las explicaciones y quedarse tranquilo. Tan confiado estaba que comenzó por decirle que lo mejor era que le avisara con anticipación cuántas veces a la semana iba a estar ausente al medio día en la capilla y en el refectorio, para no tener qué estar preguntándole por qué no le había comentado acerca de las razones de la ausencia.

Fray Emilio le contó que desafortunadamente se le había olvidado avisarle, pues se había comprometido con el párroco de la iglesia de La Porciúncula a colaborarle dos veces a la semana en la preparación de la misa del medio día. El maestro asintió sin otro reparo distinto a que lo mantuviera informado de cambios o de nuevos compromisos.

Pero no habían transcurrido dos semanas cuando el padre Calle se encontró de casualidad con el padre Acevedo, el párroco, con quien apenas se veía de vez en cuándo por razones de sus oficios, y le preguntó curioso por el trabajo de fray Emilio, a lo que respondió que no tenía ni idea pero que iba a preguntarle al hermano encargado de la sacristía para que le diera detalles.

El maestro se quedó callado después de darle las gracias y decidió cerciorarse personalmente de las cosas. Por eso a la siguiente oportunidad en la que notó los espacios vacíos se fue a la iglesia, apenas terminaron las lecturas de rigor en el refectorio, a ver si se encontraba con el fraile. Pero nada. No estaba en la sacristía, ni en los alrededores del altar, ni en ninguna de las tres puertas frontales ni de las dos laterales.

No aparecía por ninguna parte. Esa noche Emilio le explicó que a esa hora, precisamente, estaba en el coro ayudando a reparar uno de los tubos del órgano que se había roto.

Pero en la siguiente oportunidad tampoco encontró al fraile en la iglesia. Y esa vez tuvo la precaución de dar una vuelta por el coro e incluso por el despacho parroquial, aunque los coristas no íbamos por allí casi nunca. Fue cuando se le ocurrió que podría estar en su celda, quizás enfermo o decaído. Pero nada. Tampoco contestaba. Buscó en las salas de descanso, en todos los pasillos, en la sala de música, en la sala del tinto, en la sala del piano y los ensayos, en cada uno de los salones de clase y aún en la capilla. Fray Emilio no aparecía.

Se sentó entonces en su despacho a hacer un inventario de los espacios donde pudiera estar el fraile, a ver cuál podría faltarle. Porque si no estaba allí, la deducción era sencilla: el religioso se estaba yendo para la calle y habría qué preguntarle a qué. Quedaban apenas la huerta, la biblioteca que estaba cerrada al medio día, y la sala de visitas. Y fue a echar un vistazo. Dos días después, en el último rezo del oficio en la capilla, minutos antes de salir hacia las celdas, el maestro contó en tono compungido que fray Emilio había sido sorprendido en una conducta pecaminosa muy comprometedora y que realizadas las consultas del caso con el padre provincial había sido trasladado de inmediato al convento de Armenia, donde realizaría labores de apoyo dentro del claustro y estaría bajo la estricta supervisión del superior local hasta nueva orden. Y pidió que rezáramos por sus intenciones.

Nadie iba a dormir tranquilo sin conocer los detalles indispensables de esa historia ahora sí más morbosa e interesante. Cuando nos retiramos a las celdas, nos fuimos reuniendo por pequeños grupos para ver si alguno conocía el resto. Y claro, fray Franco soltó el cuento de que el padre Calle había sorprendido a Emilio con una muchacha de la parroquia, mientras mantenían relaciones sexuales en un sillón de la sala de visitas. Le había resultado fácil entrar a la joven vecina porque la llave de la sala, a la que se ingresaba por una puerta especial que daba a la calle, se mantenía a disposición de los frailes en un clavo cerca de la entrada de tal manera que las visitas pudieran ser atendidas con prontitud.

En adelante hubo que solicitarle al padre maestro la llave de la sala de visitas.

De las penas del profesor Paredes para ser fraile

La mañana que no llegó a la iglesia a la hora y punto de rezar el Oficio Divino, fue inevitable pasar un buen susto y tumbarle la puerta a fray Paredes.

El padre maestro, en la primera pausa que permitió el rezo, se me acercó, pues yo estaba encargado esa semana de despertar a la comunidad y me dijo que fuera a tocarle la matraca a fray Paredes, sin parar, hasta que se levantara. Salí de inmediato, fui a la celda por el artefacto de madera y latón y lo hice traquetear sin pausa al frente de la puerta de mi compañero hasta que comenzó a dolerme el brazo.

Fray Paredes parecía no darse por enterado, pues ningún ruido ni movimiento se sentían desde afuera. Yo continuaba dándole vueltas a la matraca, cada vez más despacio a causa del cansancio, pues no me atrevía a suspender la orden del padre maestro. Hasta que, en vista de que fray Paredes no se levantaba, golpeé su puerta con fuerza para que retumbara adentro y el novicio no tuviera que recibir una llamada de atención en público a causa de su pereza.

Pero como no daba señales de levantarse, me devolví para la iglesia, donde aún encoraban el oficio, a dar cuenta de la situación. El padre maestro resolvió ir él mismo a la celda de fray Paredes para cerciorarse de lo que sucedía. Tocó la puerta con una llave, sin obtener respuesta. Llamó de viva voz al fraile, golpeó de nuevo, esta vez con un pedazo de ladrillo, sin resultados. Hasta que se le ocurrió asomarse por la ventana que daba al exterior del noviciado, en el primer piso.

Cuando llegó y se dio cuenta de que las ventanas en esa parte del convento quedaban más altas de lo que imaginaba, tuvo que devolverse por un butaco hasta la cocina, desde donde un hermano le ayudó a cargarlo. Se encaramó en él y clavó su vista sobre el rincón donde debía estar la cama de fray Paredes. Pero la cama estaba tendida y lo demás, que alcanzaba a ver, en perfecto orden. No entendió nada de lo que ocurría. La puerta tenía el pasador por dentro y el fraile no había asistido a la iglesia para los rezos en comunidad. La última alternativa era que podría haberle sucedido algo dentro de la celda pues no era posible divisar bien el espacio desde la ventana, y decidió que resultaba más fácil y menos costoso tumbar la puerta de madera que bajar la ventana metálica por cuyos espacios no cabía ninguna persona.

Llamó a algunos de los hermanos de la cocina para que con una barra de hierro reventaran el pasador. La puerta cedió y se dieron cuenta de que fray Paredes estaba tendido en el piso, al pie de la mesa de trabajo, inconsciente.

Para los novicios no había sido posible la concentración durante la primera media hora de meditación del día. La lectura de cada mañana para motivar la reflexión de los frailes solo había sido un paréntesis en la preocupación general por fray Paredes, pues todos se habían dado plena cuenta de que no había asistido a la iglesia y de que el padre maestro había ido personalmente a ver qué sucedía.

La relación entre los dos era difícil. Se interponían entre ellos ciertos recelos que hacían temer cualquier decisión radical de parte del superior inmediato, quien tenía autoridad para retirarlo de la comunidad o no permitirle profesar los votos temporales.

Fray Paredes había entrado al noviciado por recomendación expresa del padre provincial, pues se trataba de un caso por fuera de lo común. No había terminado su bachillerato en el seminario de los franciscanos sino que era un hombre ya maduro que se había convertido de tiempo atrás en admirador incondicional de la comunidad y como era soltero y nada le ataba a la vida mundana, decidió convertirse en miembro de la orden en caso de ser aceptado.

El señor Paredes era un destacado profesor de matemáticas en varios colegios privados de Cali hasta que entró en contacto con algunos franciscanos que lo deslumbraron. Comenzó a asistir los últimos domingos de cada mes al seminario menor, en los horarios de visita, para conocer mejor la comunidad y el ambiente en que se desenvolvía la vida religiosa. Varios años después, ya convertido en personaje familiar, le pidió formalmente al padre provincial que lo admitiera en calidad de vocación tardía.

Fray Paredes hizo un primer año de noviciado como aspirante a hermano, antes de que llegara el padre Roldán de Roma, y le tocó, por su condición especial de vocación adulta y porque insistió después en querer ordenarse sacerdote, repetir dicha experiencia con el fin de profundizar más en el ideal franciscano y someter a prueba, en una nueva oportunidad y con un maestro en el que estaban puestos todos los ojos, su determinación de seguir adelante.

Al padre Roldán no le gustó mucho la presencia de Fray Paredes dentro del grupo de novicios, pues no había enfrentado antes un caso semejante y el fraile le parecía bastante mayor como para ser admitido dentro de la comunidad sin el cumplimiento total de las exigencias previstas para los casos corrientes.

Como pudimos, entre todos levantamos a fray Paredes del piso, lo colocamos sobre la cama y tratamos de reanimarlo. Mientras tanto, el padre Roldán llamó al médico de la comunidad para que le hiciera un chequeo completo al novicio.

Volvió en sí, asustado, antes de que llegara el médico, pidió agua y dijo que se sentía sin fuerzas. Toda la mañana estuvo en observación aunque sus signos vitales eran estables, sin que nadie se explicara aún qué había sucedido en esos minutos, antes del amanecer, cuando se disponía a integrarse a la procesión de novicios que marchaba silenciosa por corredores y pasillos para llegar a la iglesia del convento.

Fray Hurtado tuvo que acompañar con frecuencia a fray Paredes al hospital donde le hacían exámenes para determinar su exacta condición de salud, pues ningún novicio podía salir solo del convento; mientras, el padre maestro preguntaba en cada ocasión por los resultados, por los diagnósticos, por lo que debería hacer el fraile para reintegrarse a sus actividades normales, lo que se convertía en una clara presión que le pronosticaba la suspensión de su estada allí y la condición de curarse del todo, por su cuenta y riesgo, para poder volver de nuevo como aspirante.

Se fue alargando tanto aquella situación que fray Paredes no solamente se sentía presionado por efecto de su salud sino también por las consecuencias para la comunidad. Por eso un día, meses después del incidente del desmayo, salió adelante en el salón de clase y se arrodilló en señal de disponerse a decir la culpa. Nadie tenía la más mínima idea de qué iba a expresar el fraile allí pues su conducta resultaba ejemplar y observaba con rigor cada detalle de los reglamentos del noviciado.

Cuando lo autorizaron se refirió a que se sentía mal por cuanto le estaba haciendo gastar a la comunidad valiosos recursos que él no merecía, y concretamente cada que era necesario salir a donde el médico, hacerse un examen de laboratorio o tomarse alguna cucharada de remedio. El silencio en el salón era tal que se podía escuchar a las vacas rumiar su hierba en el potrero vecino.

El padre Roldán calló por algunos segundos, pasó la mano por su barbilla lampiña y rosada y dijo que allí podría haber un mensaje de la voluntad de Dios, que le permitía a fray Paredes meditar y decidir si su vida debía seguir dentro de la comunidad o fuera de ella, pues la Tercera Orden había sido fundada precisamente para que laicos creyentes, incapacitados para ser sacerdotes pudieran acercarse, conocer y vivir plenamente el ideal franciscano. Sin embargo, terminó explicando el maestro, la permanencia del fraile en el noviciado y la posibilidad de que llegara a profesar votos temporales estaba estrictamente en las manos del padre provincial, quien era cada semana enterado en detalle de las circunstancias.

Fray Paredes se levantó con lentitud una vez le explicaron que no habría ninguna penitencia, y cuando volteó para dirigirse hacia su pupitre todos los compañeros quedaron impactados al ver su cara recorrida por las lágrimas.

De una desobediencia al borde de la sanción

El conflicto con el padre Torres me tiene al borde de una sanción. No sé cuál exactamente excepto que no me den el título en filosofía, según me lo acaba de sentenciar el padre Alberto Lepera, el decano, en el momento del examen final. Lo que me faltaba era la cita repentina con el padre provincial, en su despacho, durante la que podría suceder cualquier cosa.

La primera pregunta que me hizo el padre Torres fue que si yo había estudiado el vocabulario. Y como le contesté que no, me dijo que la nota sería sobre seis, pues perdía cuatro puntos por mi posición intransigente. Me hizo tres preguntas más, le contesté y con sequedad me notificó que la calificación final era de cuatro punto cinco. Fue cuando Lepera, que había estado en silencio, intervino para anunciarme que si no aprobaba la habilitación, dentro de quince días, quedaría colgado en griego y no me darían la licenciatura.

Al cura Torres se le notaba la indisposición conmigo. No podía entender por qué todos mis compañeros aceptaron de buena gana estudiar fuera de clase el libro de las cinco mil palabras más frecuentes en el Nuevo Testamento, en griego, e ir a su celda dos veces a la semana a dar la lección de memoria. El aliciente era que la acumulación de notas previas podría mejorar sensiblemente la calificación final del semestre.

Yo me rebelé desde el principio. En verdad no desearía utilizar esa palabra porque no suena nada bien en boca -ni siquiera en la mente- de un fraile, aunque fue así como lo tomaron. Desde el profesor de la materia hasta el decano. Le dije de frente al padre Torres que no iba a aprenderme de memoria ese vocabulario, pues me parecía injusto que además de la carga académica que generaba su clase, que exigía más tiempo y más trabajo, debíamos dedicar horario extra al griego como si no tuviéramos otras materias por las cuales responder. Además, le comenté, todos mis compañeros se la pasaban repasando las cien palabras de cada lección en sus pocos momentos libres de cada día, como máquinas, sin posibilidad de leer o prestar atención a otras cosas, y ello también me parecía fuera de tono.

Obviamente el padre Torres se puso furioso. Me dijo que ningún fraile en sus años como profesor de griego en La Porciúncula se había atrevido a desobedecer una disposición suya, por lo que le comentaría de la situación al maestro de coristas, y la nota se afectaría sensiblemente gracias a mi actitud. Haría, y el tono de advertencia resultaba perentorio, exámenes especiales para mi, con un cuarenta por ciento dedicado al vocabulario.

Y fue así. En cada previa me incluía un listado de palabras que se suponían aprendidas, por lo que mi dedicación a la materia tenía que ser tanta que garantizara ganarla sin depender de las respuestas al vocabulario.

La verdad, me importaba poco la advertencia en el sentido de no recibir el título en filosofía, pues calculaba que en unos años, cuando pasara la tormenta, podría solicitar un examen de suficiencia en griego, con otro profesor o con un jurado, y ganar la materia para tener los créditos completos y cumplir la reglamentación del Ministerio de Educación.

Pero lo que me puso al borde de una sanción delicada, que suponía quizás un aplazamiento indefinido de mis estudios, la transferencia a un convento alejado y el aislamiento como castigo, según me explicó un fraile que alguna vez había sido suspendido, fue una queja formal del profesor de griego y del maestro de coristas al superior provincial, pues no encontraban la manera de hacerme entrar en razón.

Cuando me di cuenta, el asunto había avanzado mucho. El padre López, superior de la comunidad, me citó a su oficina un día a las once. Y cuando esas cosas sucedían era porque la conversación resultaba demasiado seria. Y definitiva.

No cambió ni un ápice la amabilidad habitual del padre López a pesar de la severidad del ambiente de su despacho enorme y simple. De pronto el espacio carente de adornos y muebles innecesarios resaltaba el espíritu de pobreza y sobriedad, pero también la sensación de sentirse desprotegido. Comenzó con una sonrisa acogedora, saludos afectuosos, actitud de padre. Su papel. Y preguntó enseguida por lo que venía sucediendo, en detalle. Su rostro no reflejaba ningún sentimiento en especial. Parecía plácido e inmutable mientras yo le contaba desde el principio, sin omitir nada.

Al tiempo me daba un poco de susto su silencio.

Comenzó reconociendo que yo tenía alguna razón en defender el espacio de otras materias y el tiempo que podía dedicar a diversas actividades igualmente importantes. Pero fue explícito en señalar que un acto de rebeldía, así fuera con el profesor de griego, era exactamente eso: desobediencia, y todos teníamos un voto en ese terreno. No podía mirar al padre Torres como simple profesor de griego sino también como superior mientras fuera mi docente. Así que debería, por humildad y no necesariamente por tener la razón, someterme a sus designios.

Ahora, lo más grave de la situación era que yo estaba dando un mal ejemplo a mis compañeros y sembrando una semilla de discordia en el coristado, porque muchos frailes comentaban ya sobre mi actitud un tanto soberbia. Lo que en síntesis, terminó el padre López, debería cambiar de inmediato. Tendría que ir donde Torres a presentarle excusas y a convenir un calendario para desatrasar el vocabulario de griego. Donde el maestro de coristas a pedirle perdón por la altanería y el mal ejemplo, y delante de todos mis compañeros de curso reconocer mi falta de humildad y hacerles saber que atendería la voluntad de los profesores y superiores así fuera contra mi manera de entender ciertas cosas. Y si no, se vería obligado a aplicarme unos reglamentos disciplinarios que yo debería conocer en detalle. Una palmada seca y afectuosa en mi espalda me hizo saber que el asunto quedaba concluido.

De la batalla asordinada por el control del poder

La anunciada consagración del padre López como vicario apostólico de Guapi en cosa de meses, apresuró las cábalas sobre su sucesor en todas las tertulias conventuales. Cada vez se hablaba de manera más abierta y pública sobre los candidatos a superior provincial, de sus condiciones, de lo que se ganaría y se perdería con uno u otro.
Y aunque se sabía que el consejo era autónomo en la elección, las distintas tendencias entre los frailes alistaban sus argumentos para ganar influencia entre quienes elegirían, con voto secreto, durante una sesión privada de la que apenas se podía conocer el acta final. Y aunque el número de opcionados pasaba de ocho, la verdad era que dos se repartían el favor de las mayorías: el padre Roldán y el padre Currea.
Roldán, el más respetado, era un hombre que estaba sobre los setenta. No exhibía pesados títulos académicos, pero se le reconocía su dedicación al estudio de la nueva teología conservadora católica, que se enfrentaba a una corriente teológica europea protestante y de corte menos tradicional, y por su experiencia. Ya había ejercido como provincial en dos periodos y se había pasado siete años en Roma, muy cercano al superior general, en un cargo de alta jerarquía dentro de la comunidad. También había sido recientemente maestro de novicios. Era un fanático de la observancia, del rigor de la vida en comunidad, defensor de la pobreza a ultranza, y enemigo de las costumbres mundanas, relajadas. Hablaba poco pero cuando lo hacía no necesitaba agregar explicaciones ni dar nuevas órdenes. Seco, serio, rara vez se le veía una sonrisa y su mirada directa y límpida suscitaba respeto y temor entre sus cercanos.

Currea era doctor en teología de La Gregoriana de Roma y dominaba varios idiomas. Dicharachero, alegre, bulloso, mandón y moderno, por eso no le gustaba a muchos. A sus cuarenta y cinco años se conservaba bien aunque no era deportista. Amante de la buena vida, del cine y de las revistas extranjeras, se mantenía al día en muchos asuntos que para otros resultaban demasiado profanos. Le gustaba presentarse como el candidato a provincial que sería capaz de sacar a la comunidad del marasmo en que se encontraban por haberse dedicado a los colegios de bachillerato sin caer en cuenta de que el fuerte estaría en la educación superior, en proyectar la Orden desde sus propias universidades. Buen conversador, culto, de finas maneras, el padre Currea era por entonces el decano de teología y no despreciaba ocasión para hacerse campaña, así no fuera de la simpatía de algunos miembros del consejo.

Las retaliaciones comenzaron en pocas semanas. El nuevo provincial conformó un equipo de incondicionales que le prepararon el andamiaje necesario para quitar de en medio a todos aquellos frailes que se le habían opuesto de manera más radical, y sobre todo a los líderes del movimiento por la observancia que tenía adeptos en más de la mitad de los conventos.

La estrategia fue calculada de tal manera que los sacerdotes más influyentes quedaran repartidos en ciudades pequeñas o parroquias alejadas, y además que les fueran asignadas funciones distintas a las que estaban acostumbrados. Y los más comprometidos fueron despachados a Guapi, como misioneros o profesores del colegio, con la ventaja de que las comunicaciones serían difíciles y tan lentas que el movimiento quedaría disuelto en tiempo récord.

Las cartas les llegaron a todos el mismo día y en cosa de una semana estaría resuelto lo que el propio padre Currea, nuevo superior provincial, llamó sublevación y falta grave contra la obediencia en un comunicado que hizo llegar a las sedes de la comunidad.

Los otros simpatizantes del movimiento por la observancia se quedaron callados y tomaron la decisión de aplazar hasta nueva orden cualquier reunión o circulación de documentos y comunicados. Solo uno de ellos fue encargado, por otro de los sacerdotes líderes trasladados a Guapi, de que hiciera llegar, sin firmas ni nada parecido, un paquete de documentos y denuncias al consejo general en Roma, para que por lo menos tuvieran una idea de lo que estaba sucediendo de veras en la provincia colombiana y no se quedaran solo con las versiones del padre Currea, quien había argumentado en cada oportunidad que sus decisiones se habían basado en testimonios de frailes que denunciaron una conspiración para dividir la provincia en dos, con el argumento de que la mitad de la comunidad estaba desbocada y olvidada de la Regla.

Disgregados los opositores y sus simpatizantes, aislados y sometidos a obligaciones que les resultaban extrañas, el provincial tuvo ocasión de ejercer un poder omnímodo que nadie objetaba en voz alta, con el aplauso de sus colaboradores inmediatos y de un consejo provincial que él mismo se afanó en renovar para que se acoplara mejor a sus intereses.

Las parroquias pobres que en algunas ciudades habían recibido los franciscanos retornaron a las diócesis. Los colegios en barrios populares se quedaron congelados en su crecimiento, y otros fueron cerrados en vista de que resultaban deficitarios. En algunos conventos en los que había edificaciones enteras desperdiciadas, se crearon dependencias educativas para jóvenes privilegiados y centros de formación para futuras vocaciones. La Universidad, que poco a poco iba siendo el centro de las actividades pedagógicas de los franciscanos, fue sometida a una cuádruple revisión: Adecuación de nuevas sedes, evaluación de programas, alza de matrículas y renovación de sus directivos.

Mientras tanto, el superior provincial no perdía detalle sobre los movimientos de sus adversarios. De vez en cuando, de sorpresa, ordenaba el traslado de ciertos frailes que le generaban sospechas y trataba, como en un enorme ajedrez, de alterar las posiciones de aquellos que consideraba contrincantes, para neutralizar cualquier asomo de resistencia. Por eso, ahora no me extrañó, y usted habrá de perdonarme el comentario, que el padre Currea acabe de ser confirmado para un nuevo periodo de cuatro años.

De la insistencia terca del fraile enamorado

Angustiado al máximo, con el rostro pálido y las manos sudorosas, fray Gómez le dijo al padre Murillo que ya que estaba en el noviciado de visita, quería hablar urgentemente con él. A las cuatro de la tarde durante la hora de estudio lo atendería en la celda que le adjudicaron temporalmente en el convento.

El padre Murillo ni le preguntó de qué se trataba. Y fray Gómez prefirió que así fuera para no tener que adelantar palabra del tema que lo venía atormentando semanas atrás, cuando uno de sus compañeros le pidió que lo dejara entrar a su celda, por la noche, pues debía comunicarle un asunto de máxima urgencia y privacidad.

La primera parte de la conversación entre el padre Murillo y el fraile se refirió a los tópicos rutinarios del noviciado, del que ya llevaba seis meses. Cómo se sentía en general, cómo veía a sus compañeros, cómo eran las relaciones con el padre maestro, hasta que por fin apareció la pregunta esperada: "¿De qué deseas hablar conmigo?" Fray Gómez miró a los ojos al padre Murillo, bajó la cabeza a nivel de la mesa que los separaba, y comenzó a contar su historia.

Tarde en la noche, después de las once, cuando todo el noviciado estaba oscuro y callado, fray Márquez tocó a su puerta. Le había dicho en el descanso, antes de ir a la capilla, que necesitaba comentarle algo que los afectaba a ambos, y ojalá esa misma noche, cuando todo mundo estuviera durmiendo.

Bien sabía el padre Murillo que los reglamentos del noviciado recomendaban - era casi una orden - no entrar a la celda de los compañeros y prohibía expresamente cerrar la puerta de la celda cuando dos o más novicios estuvieran con justa causa dentro de un mismo aposento.

Golpeó con suavidad y fray Gómez abrió la puerta sin prender la luz, y la cerró inmediatamente antes de que alguien que estuviera desvelado se pudiera dar cuenta de aquella visita a una hora tan poco usual.

Fray Gómez no podía creer lo que le estaba diciendo el otro fraile. Sin pestañear, con la mirada congelada y con un temblor leve y frío subiéndole por los pies, atendía una declaración de amor y deseo que no era propiamente del momento sino que venía desde el seminario menor donde lo había observado tantas veces en pantaloneta jugando fútbol, bañándose en la piscina y cambiándose en el dormitorio.

Como una hora habló fray Márquez en la celda de su compañero todavía con la luz apagada para evitar suspicacias, en un tono leve a propósito para no ser escuchado en las celdas vecinas y con una seguridad tal en lo que estaba diciendo que el otro novicio no salía de su asombro. Mientras tanto, al tiempo que desahogaba su sentimiento reprimido, tomaba la mano sudorosa de fray Gómez, quien ni siquiera atinaba a retirársela. "La situación es delicada", dijo el padre Murillo. "Supongo que fuiste tajante con fray Márquez y de una vez dejaste en claro tu posición". "¿Ya le comentaste al padre maestro?" El fraile explicó enseguida que no se había atrevido a contarle nada al padre Roldán porque se encontraba demasiado confundido y no sabría cual podría ser la reacción del maestro de novicios.

La reacción no puede ser otra que llamar a fray Márquez y ponerle las cosas en claro: que se arrepienta de las afirmaciones delante de los todos y refrene sus sentimientos, además de someterse a un proceso de penitencia y purificación, o que se retire de la comunidad antes de que sea muy tarde.

El problema, explicó enseguida fray Gómez, era que las cosas no habían parado allí. Esa noche no fue capaz de decir nada más de lo necesario para que el otro fraile se fuera lo antes posible a pesar de que le urgía una respuesta. Al otro día y cada día sucesivamente, fray Márquez presionaba, repetía sus palabras, aprovechaba cualquier oportunidad para insistir en que necesitaba una respuesta a toda costa, en el menor tiempo posible, pues de lo contrario enloquecería y sería capaz de cometer una locura.

Estuvo a punto de acudir al padre maestro y decirle todo de una vez, pero lo atajaba siempre un pedido lastimero de fray Márquez quien le suplicaba que hiciera cualquier cosa, inclusive azotarlo, con tal de que no contara nada en absoluto pues sospechaba que le pedirían que se saliera del convento. Y el fraile se sentía incapaz de cargar con semejante culpa en su conciencia.

Hasta que una vez en el descanso de la noche tuvo que amenazarlo en serio ante la insistencia del otro. Iría de inmediato donde el padre Roldán a contarle en detalle cada despropósito, si no dejaba al instante de repetir la retahíla que ya no le causaba miedo sino asco. Fray Márquez cesó por un tiempo en su obsesión.

Debiste de todos modos acudir al padre maestro para ponerlo al tanto. De otro modo, actúas de alguna manera como cómplice de una situación insostenible en el noviciado, dijo Murillo, ya serio.

Ahí no paró todo, contó el fraile. Un mes antes, a la hora del baño después del trabajo de medio día, estaba bien tranquilo enjabonándose cuando sintió que alguien lo observaba por encima. Volteó sorprendido y vio a fray Márquez encamarado en el muro divisorio, al tiempo que le hacía señas de que no fuera a decir nada.

En las celdas del noviciado no había baños; eran comunes y estaban separados por muros no muy altos, de tal forma que alguien podía observar sin mucho esfuerzo por encima de todos ellos. Además, los novicios y los frailes en general se bañaban en las horas de la tarde, después del trabajo o del deporte, pues el agua era supremamente fría y los calentadores estaban considerados como lujo vedado por el voto de pobreza.

Fray Gómez no supo si sentía rabia o susto pero alcanzó a indicarle con vehemencia que se retirara de allí al instante. No pudo bañarse tranquilo ni ese día ni los siguientes. Le dijo después de todos modos que le parecía el colmo su atrevimiento y que no entendía cómo alguien que se preparaba para ser franciscano, y sacerdote por demás, actuara de semejante manera.

Con respeto lo escuchaba fray Márquez sin quitarle los ojos de encima, y aparentaba no estar ni preocupado ni arrepentido. Por el contrario, le comentó que verlo desnudo en el baño había sido un martirio pues imaginarlo luego, cada momento, lo ponía al borde del pecado mortal: Su deseo era ahora mucho más vehemente y los malos pensamientos no lo abandonaban nunca.

"Con mayor razón debiste acudir ahí mismo al padre maestro. En este tipo de situaciones cualquier dilación y duda dejan espacio abierto para la tentación y para que el mal se apodere de las personas", insistió Murillo.

Iba a hacerlo sin más demoras, explicó, pero la confusión seguía creciendo dentro de su cabeza. Se debatía entre si contarle al maestro lo que venía ocurriendo desde semanas atrás, o aguantar en silencio para no ser el causante del retiro de fray Márquez del noviciado. Máxime cuando podía ofrecer aquello como un sacrificio.

Comenzó entonces a ablandarse, a permitir que el otro fraile visitara su celda de noche, a horas indebidas, y a tolerarle en silencio las palabras necias que brotaban de su boca. Cada vez era lo mismo, la sensación de impotencia, la inseguridad, la tembladera en los pies que le llegaba hasta el estómago, el dolor de cabeza que sentía en las sienes cuando fray Márquez de pronto se recostaba contra él, apretaba sus manos, dejaba el sudor sobre su piel y acercaba sus labios enrojecidos a su cuello.

Sin embargo, la vez que estuvo a punto de gritar, de llamar a la puerta de enseguida, de destapar de una vez por todas aquello que le atormentaba sin cesar, fue cuando una noche, recientemente, llegó a su celda después de haberse encomendado a Dios en la capilla, abrió la puerta, encendió la luz, dejó el breviario sobre la mesa de estudio y puso crema dental sobre su cepillo. Cuando regresó después de lavarse los dientes, fray Márquez lo esperaba acostado en la cama, arropado, y sin el menor asomo de vergüenza.

Cerró antes de que alguien pudiera acercarse, y mientras colocaba el cepillo en el puesto, le dijo que le parecía el colmo que se tomara semejantes atribuciones. No se las había dado ni estaba dispuesto a concedérselas. Por lo tanto, debería levantarse de inmediato e irse para su celda antes de que alguien notara su ausencia. Qué tal si el padre maestro iba a preguntar por él o alguno de los otros novicios lo necesitara para algo.

El fraile ni se movía de su sitio, impávido, y fray Gómez sentía que se le agotaba la paciencia. Pero ninguno de sus discursos pudo convencerlo. Le repitió frase por frase, amenazó por amenazar, primero con toda la calma de que fue capaz y luego con cierta rabia que le causaba remordimientos. No tenía remedio.

Hasta que comenzó a halarlo de su brazo para sacarlo de la cama. El ruido fue lo único que le impidió continuar con el forcejeo. Aún así, volvió a repetirle, con toda la vehemencia, que se retirara. Pero nada. El otro parecía solazarse en ello mientras trataba de mostrarle que permanecía desnudo debajo de las cobijas.

Estaba decidido a dormir sobre el piso de madera, como último recurso, con una cobija delgada como única defensa. Fray Márquez le prometió que se levantaría con tal de que le permitiera verlo quitarse el hábito y ponerse el pijama. El otro enrojeció de la ira y del susto. Pero decidió hacerlo con tal de que terminara de una vez por todas, aquella escena que lo tenía al borde de un colapso.

Se desamarró el cordón, retiró la capucha, levantó el hábito y lo sacó por la cabeza, se volteó contra la pared para bajarse el pantalón y se puso el del pijama que tenía a la mano.

Estaba amarrándose la tira cuando sintió que fray Márquez lo tomaba por detrás y estrechaba su cuerpo contra el suyo, haciéndole sentir sobre sus caderas el pene erecto. Volteó tan fuerte como pudo para quitárselo de encima, le arrojó la ropa a la cara y preso de la ira le dijo que si no se vestía y se iba en ese momento, iría de inmediato donde el padre maestro.

"Creo que la situación ha tomado más ventaja de la necesaria", comentó al instante el padre Murillo. "Espero que esté de acuerdo conmigo en que debemos ir los dos, ahora mismo, donde el padre Roldán, para poner punto final a esto, en bien de todos".

Fray Gómez, tembloroso y pálido, y con el mismo sudor frío que ahora le subía hasta la espalda, lo único que atinó a decir fue que prometía solemnemente no dejar que aquello tomara más ventaja si le permitía que el maestro no supiera nada aún. Se arrodilló, juntó sus manos en actitud de rezar, y pidió ser oído en confesión.

El padre Murillo, consciente de que debería guardar el sigilo sacramental, no tuvo más remedio.

Del golpe brutal por una decisión inesperada

En el momento de ver al padre Gracia arrodillado en la puerta de su celda, en actitud de pedirle la bendición a las cinco y media de la mañana de un lunes que nunca iba a olvidar, el superior de La Porciúncula sintió que le flaqueaban las piernas. Sacó fuerzas como pudo, imploró mentalmente a Dios que le ayudara y levantó la mano derecha para bendecir con todo su afecto y dolor a aquel hombre que estaba a sus pies, inclinado. Enseguida se abrazaron con fuerza, sin decir palabra. El uno se devolvió por el corredor de la larga galería de celdas, y el otro se encerró con cerrojo y lloró sin freno.

No era para menos porque todos tuvimos que ver en esta decisión tremenda. Usted supo algunos días después, según me dijo en su carta, y la noticia les quitó el apetito durante dos días. A nosotros nos afectó toda la vida porque el padre Gracia no solo vivía en nuestro convento, sino que era quizás el sacerdote más querido y más respetado entre todos los de esta comunidad.

Sobre el cura Gracia nunca hubo un pero. Era una persona sencilla, responsable, siempre dispuesta para los demás. No sobresalía por estudioso, por su dedicación a los libros -y creo que usted le hizo alguna vez esa crítica, en el sentido de que un cura que estuviera dedicado a ejercer como director espiritual de la mayoría de los coristas franciscanos debería distinguirse por sus preocupaciones intelectuales-, pero tenía el gran don de ser transparente; al menos eso creíamos entonces, porque aún hoy no se qué pensar.

El hecho era que todos podían acercarse al padre Gracia porque no interponía barreras. Quizás no era un conversador atractivo, quizás era un tanto retraído, quizás guardaba distancias con otros sacerdotes más interesados en el reconocimiento. Sin embargo, sus cualidades fundamentales eran saber escuchar, decir cosas breves y atinadas, sugerir procederes, recomendar pequeñas alternativas elementales y contundentes y llevar una vida pobre, desinteresada del mundo y sus embelecos.

El éxito del padre Gracia no solo se daba en la consejería espiritual, en la humildad de sus recomendaciones, en la actitud recta, sino también en que era un deportista impresionante. Tenía éxito en el fútbol, sobre todo, y aprovechaba esos espacios para acercarse a los frailes. Usted comentaba en alguna oportunidad que tal vez se entregaba demasiado a asuntos poco edificantes, pues los deportes entre los miembros de una comunidad religiosa deberían ser entendidos como un momento de esparcimiento y de atención a la salud del cuerpo, pero nunca otorgarles una categoría de elemento fundamental en la vida cotidiana.

El otro campo en el que el director espiritual generaba respetos, era como confesor. En la iglesia de La Porciúncula se turnaban los sacerdotes para atender a los fieles en el confesionario y siempre la fila mas larga era donde estaba el cura Gracia.

Por eso cuando el padre superior del convento nos contó lo de aquella mañana cuando le tocó muy temprano y lo encontró arrodillado apenas abrió la puerta, a todos nos causó el mismo efecto. Se nos erizaron los vellos y se nos aguaron los ojos. Y aún nos imaginamos al padre Gracia vestido de civil, caminando por el pasillo del convento hacia la puerta principal, donde lo esperaba un taxi.

Ese día nadie hablaba en La Porciúncula. En la capilla, mientras rezábamos el oficio y asistíamos a la misa, todo parecía corriente. Pero en el refectorio, a la hora del desayuno, aquello semejaba un funeral. El padre Calle permitió conversar apenas se hicieron las lecturas de rigor, creyendo que así se facilitaría una especie de desahogo general, pero el silencio era aplastante. Todos los frailes estaban apenas interesados en tomar algún pan de la canasta y servirse una taza de chocolate sin mirar siquiera al vecino y menos cruzarle palabras.

Ni a la hora de tender las camas y arreglar las celdas; ni durante las clases de la mañana; ni en el descanso para el café, ni de nuevo en el almuerzo los frailes dedicaron una frase a la salida del padre Gracia. Supieron días antes de la fecha determinada, una vez se habían cumplido todos los trámites en Roma y cursado los documentos para la dispensa. El revuelo había sido tal que el superior le recomendó al padre Gracia que se fuera para la casa de retiros unos días, a una especie de meditación en profundidad, mientras se apaciguaban los ánimos entre los frailes.

No podían entender así no mas cómo el sacerdote que les escuchaba sus pensamientos más íntimos, que los enrutaba por el camino del bien, por el sendero trazado por Francisco de Asís, que atendía con diligencia sus preocupaciones y entregaba con generosidad su fuerza interior y su visión de la vida espiritual, hubiera decidido tan de repente retirarse no solo de la Orden sino también abandonar el sacerdocio. La noticia les había propinado un golpe certero en el alma.

Lo único que se le había ocurrido entonces al padre maestro, para no dejar aquella situación sin una comunicación oficial – aunque no se acostumbraba dar explicaciones sobre el retiro de nadie– fue contar a la hora de la comida, luego de la oración, que el padre Gracia había decidido dejar la vida sacerdotal después de haberlo meditado con cuidado y de haber consultado con sus superiores, por lo que, entendiendo el golpe moral que significaba aquello, solicitaba a todos tratar de respetar su determinación y pedir a Dios que lo acompañara en su nueva vida.

El convento entero volvió a quedar mudo, entre el dolor y el desconcierto, ocho días más tarde cuando unos cuantos frailes muy cercanos al padre Gracia lo acompañaron en una apresurada ceremonia de matrimonio.

De las estadísticas del escándalo

Lo estaba esperando en silencio al pie de la puerta de la oficina, muy temprano. Los demás frailes debían estar tendiendo sus camas a esas horas, antes de irse a los salones de clase. El padre Botero llegó como de costumbre, lo saludó con un aire de indiferencia y abrió la puerta de manera mecánica. "Con permiso, padre", dijo Murillo sin mirarlo siquiera y se entró primero antes de que le cerraran en las narices. "Necesito hablar con su reverencia del cuarto que está debajo de las escalaras, es decir, no propiamente del cuarto. Hay que ponerle con urgencia una chapa adicional a esa puerta porque toda la historia personal de estos frailes corre peligro". En ese momento Botero le puso atención. "No me venga con esas, padre", lo interrumpió. "Lo que pasa es que ayer encontré abierto y le aseguro que le puse doble llave, como siempre". "No sería que se le olvidó cerrar bien…" "No, padre, eso no me pasa nunca. Yo creo que alguien trató de abrir pero no tuvo tiempo de nada y dejó la puerta abierta antes de resultar sorprendido. Mejor dicho, yo no puedo estar seguro de que las cosas permanecen en orden mientras exista la posibilidad de que se apoderen de algunas de las tarjetas verdes y haya un escándalo. Ni me lo imagino". "Lo mejor", respondió el padre Botero mientras arreglaba tres arrumes de papeles que mantenía sobre el escritorio, "es que usted vuelva a llevarse esas cajas para su oficina, como hacía al principio. Allá usted puede tener el control y se acaba el riesgo que lo atormenta". Murillo ni esperó el final de la frase cuando ya estaba explicándole que era el director espiritual y que más de la mitad de los frailes de La Porciúncula iban allí a conversar de sus intimidades y esas cajas podrían estar seguras pero se verían muy feas en un espacio que debía invitar más al recogimiento que a cualquier otra cosa. Y le contó en detalle que al año de acumular las tarjetas en su oficina ya había un montón de cajas que era mejor mantener en un lugar a prueba de curiosidades. "Bueno, padre Murillo, dígale al hermano Echavarría, de mi parte, que vaya al cuarto y le ponga otra chapa para que se sienta seguro. Pero le advierto que no más seguridades. Así debe resultar suficiente. Y cuando se le llene el cuarto, algún día, no me venga a decir que necesita otro. Queme entonces ese archivo. O en ese momento veremos qué resulta más conveniente".

Murillo mantenía las cajas en orden. Las que guardaban tarjetas limpias, impresas en la tipografía del convento de San Francisco, estaban a la derecha del cuartito, y las que tenían las tarjetas ya diligenciadas estaban apiladas a la izquierda, por fechas, de tal forma que en la parte de abajo quedaban las más viejas y encima las recientes. Casi a ciegas podía entrar, sin encender la luz, y sacar dos paquetes de cincuenta que eran las que mantenía en su oficina. O me decía, pues yo era el único en quien tenía confianza para eso, que le hiciera el favor de llevarle las tarjetas sin correr el riesgo de que metiera la mano donde no era. Las nuevas siempre están a la derecha, me repetía en cada ocasión, tratando de no generarme suspicacias.

Pero no habían pasado tres días desde la segunda chapa cuando todos vieron al padre Murillo correr con desespero hacia el segundo piso, donde quedaban los salones, minutos antes de la primera clase. Llegó en segundos, fresco, pues jugaba bien al fútbol y mantenía un físico envidiable, y se encontró con que un grupo de frailes, entre quienes estaba el padre superior, leía atentamente la cartelera en la que se colocaban los recortes de las noticias. Y casi nunca ningún acontecimiento del mundo exterior generaba tanta curiosidad. Frenó tratando de no causar mucho revuelo, inútilmente, pues el murmullo no era más fuerte por la presencia allí del padre Botero. En el centro del espacio, sobre el corcho, aparecía pegado un aviso en letras grandes que dejaba leer un texto a dos metros: La castidad entre los frailes de La Porciúncula, y debajo se veían cifras delante de frases que no pudo ver bien a causa de la impaciencia que se le convertía en ira santa.

Tan pronto se retiró de allí el padre Botero, después de despegar el aviso y enrollarlo, le hizo un ademán a Murillo para que lo siguiera, y caminaran sin afán hasta su oficina. En el breve recorrido los dos parecían con la mente en blanco y con la boca cosida. Eso fue precisamente lo que dijo Murillo tan pronto cerraron la puerta. "No entiendo por qué quieren hacerle este mal al programa, y no quiero pensar quién puede ser". "No tiene que mirarlo así", dijo el superior. "Mejor veamos qué puede significar que hayan puesto en la cartelera de las noticias, donde lo puede ver todo mundo, unos datos sobre la castidad de algunos frailes, pues supongo que no sacaron todas las tarjetas del cuarto de las escalas". "Ni quiero ver", respondió el padre Murillo, cabizbajo. "Vaya, mire, revise y hablamos antes del almuerzo".

Bajó despacio, como perdido, y en el trayecto fue alistando las llaves. Las dos chapas estaban cerradas como era debido, sin señal alguna de violencia. Las cajas, en orden, apiladas como siempre, las de tarjetas nuevas a las derecha y las usadas a la izquierda. Comenzó a revisar estas últimas, una por una, a ver de dónde habían sacado datos. Tomó notas allí, sin alientos, y una hora después estaba sentado en la capilla del tercer piso, solitario, mirando hacia el altar, y haciendo un esfuerzo para poner en orden sus pensamientos. Una lectura pausada de algunos salmos, que no eran precisamente del día, le fue devolviendo la respiración y el aire frío en sus pulmones le repuso el cuerpo.

"Ya tengo unos datos", dijo en vez de saludo mientras tocaba tres veces la puerta del despacho del padre Botero, y entró sin esperar respuesta. "Cálmese, padre, ¿qué encontró?" "Primero, que apenas sacaron 30 tarjetas de tres cajas. Diez de cada una, pero no tengo idea de quiénes firmaban esos reportes, pues están organizados por fechas y no por nombres o apellidos. Segundo, que tuvieron tiempo, pues cortaron con bisturí o navaja las cintas y al parecer escogieron el grupo de tarjetas. Tercero, que dejaron todo organizado, pero claro, las cajas quedaron abiertas, y cuarto, lo más importante, que los datos de la cartelera no son estadísticamente representativos, pues las tarjetas no fueron seleccionadas al azar ni 30 pueden ser válidas como para hablar del total de los frailes incluidos en el programa". "A ver, padre, eso no me parece lo importante", dijo Botero al fin, muy despacio. "Debemos mirar antes por qué alguien, y usted sospecha que pueden ser varios, puede tener interés en causar un escandalillo conventual que no va a pasar de la portería. Tenemos que analizar si el programa está generando disgustos entre los frailes. Y tratar de averiguar quién está detrás de esto para que nos explique sus alcances. Porque a mí me parece que esto es más una burla que cualquier otra cosa". "Pero no es justo, padre Botero, que hayan dicho allí que el treinta y dos por ciento de los frailes de este convento se masturban cada semana, o que el sesenta y tres por ciento tienen tentaciones severas y a causa de ellas cometen pecados mortales; eso no es serio ni revela la realidad". "Sí, padre, yo conozco las estadísticas que usted me presenta cada tres meses, y las consolidadas de cada año, pero eso apenas es la superficie del problema. El hecho es que por lo menos hay un fraile descontento o crítico que quiere decirnos algo, hacernos pensar si es conveniente o no que en este convento, donde se forman los sacerdotes de esta comunidad, un programa de tarjetas verdes tomado de una congregación tan conservadora como el Opus y copiado sin más, puede arrojar resultados positivos para la castidad de cada quién, no precisamente para las estadísticas. Así que tranquilícese, medite un poco sobre el asunto y no se vaya a poner a investigar quién pudo ser el responsable porque me parece que se causaría más malicia y murmuración".

"¡Ah! Y vaya pensando cómo va a terminar ese programa", escuchó que le dijo el padre Botero cuando estaba cerrando la puerta.

Del fraile que debían regañar por austero

Manuelito, como le decía todo el mundo con cariño y respeto, hacía muchos años pertenecía a la comunidad de los franciscanos. Recordaba bien los conventos en los que permaneció en misiones diferentes, pero se mantenía orgulloso de haber estado más de treinta años en Cali, en el mismo convento que rodea la iglesia de San Francisco y a metros de la torre mudéjar que admiraba con orgullo. Fue en un espacio subutilizado del edificio, en el tercer piso, hace mucho rato, donde un día comenzó a invertir su tiempo libre sobre un tronco de comino, en la talla de una cabeza de Cristo coronado de espinas según el modelo que observaba con detalle en un libro descuadernado de arte religioso. El superior recuerda aún las oportunidades en que fray Manuel tocaba a su puerta para solicitarle un poco de dinero para comprar algunas herramientas usadas que no tenían en el convento y que necesitaba para el trabajo que venía haciendo en el pasillo que comunicaba por dentro el claustro con la parte alta de la iglesia. El padre guardián hacía un gesto de no entender de qué se trataba pero de inmediato abría el cajón derecho de su escritorio, retiraba unos billetes de un fajo meticulosamente ordenado y guardado en una caja de galletas, y se los entregaba al hermano que esperaba en silencio y con actitud sumisa.

Pocos meses después, ante la sorpresa del superior, el fraile lo llevó a ese pasillo en el que mantenía la talla cubierta con una tela gruesa desechada en la sacristía. La destapó suavemente, con devoción, encendió la lámpara de neón que permitía ver con precisión el espacio y apareció el busto de un Cristo adolorido, coronado de espinas, que le provocó un corrientazo en la espalda al sacerdote que abría los ojos de manera desmesurada ante el preciosismo del trabajo. Pasaron minutos antes de que alguno de los dos pronunciara una palabra. Fray Manuel observaba al padre guardián en cada uno de sus movimientos, y este se inclinaba para no perderse los detalles de aquella figura que parecía una escultura religiosa de la Escuela Ecuatoriana. Se atrevió al final a tocarla con la yema de los dedos, a pasar la palma de su mano por la cabeza y bajarla con timidez al rostro para sentir las sinuosidades de la talla, la finura de su perfil y la severidad de la expresión. Desde esa tarde Manuelito fue relevado de sus obligaciones en la sacristía de la iglesia para que se dedicara de tiempo completo a la escultura. El siguiente encargo sería una imagen de Cristo caído, lleno de lastimaduras y heridas, que reflejara un dolor semejante al de la primera talla.

Manuelito llevaba una vida ascética sin sobresaltos de ninguna naturaleza, apenas interrumpida por la celebración que el padre superior del convento hacía en el refectorio cada que le entregaba una escultura a la iglesia de San Francisco, o a cualquiera otra de los franciscanos en el país, que esperaban con paciencia el turno de su encargo. Trabajaba solo, despacio, con un cuidado y una disciplina tan inquebrantable que los frailes del convento, los amigos de la comunidad e incluso los fieles más cercanos a la parroquia, sabían si el fraile estaba en su taller en el pasillo del tercer piso, según la hora del día. Por supuesto, acudía sin falta a las actividades en comunidad: a la capilla tres veces al día, al refectorio en las horas de las comidas, a las reuniones informativas programadas por el padre guardián y descansaba después de la cena, pues el superior no le permitía trabajar de noche para que no se le afectaran los ojos.

Sin embargo, el padre guardián acostumbraba llamarlo al orden en ciertos detalles que le parecían exagerados. Se sentía inseguro, quizás medio culpable, cuando le advertía al fraile de las consecuencias de conductas que consideraba lesivas para la salud, pero al tiempo sabía que era su obligación como guardián. Mantenía una libreta donde llevaba apuntes acerca de la vida en comunidad de cada uno de los miembros del convento de San Francisco, sobre los más diversos asuntos. En el caso de fray Manuel estaban descritas las costumbres y actitudes del religioso, pues era menester advertirle de vez en cuándo algunos detalles para que no se le fuera la mano en la austeridad. Por ejemplo, los viernes, hacía un ayuno riguroso, pues en la mañana solo se tomaba un pocillo de café con agua de panela y no comía nada más hasta la noche, cuando apenas recibía una taza de sopa; nunca solicitaba dinero para los pasajes en bus cuando necesitaba realizar una vuelta en la calle relacionada con su trabajo, pues se iba y volvía a pie; en años no pidió ropa para ponerse debajo del hábito, pues remendaba él mismo con cualquier pedazo de tela los rotos y arreglaba los descosidos; completaba las suelas de sus sandalias con pedazos de llantas y les remplazaba las correas de cuero con fragmentos de otras sandalias ya desechadas; no aceptaba el ofrecimiento de un nuevo tendido para la cama, pues al que tenía le iba cosiendo retazos; en su celda no había más que un armazón de madera con un colchón de algodón que ya estaba tan duro como el piso, pero él no permitía tocarlo; sobre su mesa de noche apenas se veían una Biblia que le habían regalado en sus votos perpetuos y un librito con la Regla de la Orden, y sobre la pared un retrato de San Francisco que él mismo había pintado –fue la experiencia que le hizo descubrir sus dotes artísticas– y un Cristo de madera que estaba allí cuando llegó al convento en Cali; el resto del amoblamiento consistía en un taburete desvencijado y una especie de perchero fijo a la pared donde colgaba la ropa.

Con un fraile así, paradójicamente, resultaba difícil la convivencia. Era mayor, estaba siempre disponible, nunca salía de su boca un no como respuesta, aceptaba los encargos que fuera con una alegría evidente, no renegaba, no le sacaba el cuerpo a las obligaciones aunque resultaran tediosas y elementales, no pedía nunca nada, no había qué llamarle la atención por ninguna razón, a no ser por eventuales excesos en ayunos y en la dedicación extrahoraria a su trabajo, en la sacristía antes o como tallador después. Y para colmo, era respetado por todos, acatado, admirado, y de años atrás reverenciado por los fieles de la parroquia que le hacían fila a la salida de las misas, en la mañana y en la noche, para consultarle problemas y pedirle que los encomendara en sus oraciones. Manuelito tenía fama de santo en Cali.

De la sospechosa desaparición de un fraile

Cuando vio la cama tendida, libres los cuatro ganchos de alambre y la repisa limpia, sin un solo libro, el padre maestro de coristas entendió que fray Conti se había volado para Alemania.

Se lamentó de no haber tomado medidas más fuertes, antes de que fuera tarde, desde que sospechó que las cosas iban mal y podrían empeorarse. Tiró la puerta con impaciencia, bajó las escaleras rápido y llamó por el teléfono de la sala de visitas de los sacerdotes al padre provincial para darle la noticia. El estudiante de teología más destacado había desaparecido del convento y con seguridad estaba ya en manos de los pastores protestantes que lo habían convencido no solo de dejar los hábitos sino también de abjurar de la religión católica para seguir los pasos de una iglesia diferente que se había empeñado en seducirlo.

Me tocó ver cómo le temblaba el teléfono en la mano y su voz era la de alguien no solo indignado sino desconcertado. Por más que trataba de aceptar la realidad no podía manejarlo. ¿Qué había fallado en todo aquello? Le preguntó al padre provincial, que hablaba al otro lado de la línea de los designios de Dios, sin obtener una respuesta directa.

Alcanzó a decirme -porque en ese momento yo estaba por casualidad en su despacho- que la comunidad de La Porciúncula no debía enterarse aún, pues no resultaría prudente propiciar un escándalo sin estar completamente seguros, según le había recomendado el padre López, y ante la insistencia en la seguridad de lo que le contaba, el superior provincial replicó que no podrían estarlo pues había sucedido antes con otros frailes que desaparecían varios días, por causas imprevistas o por tentaciones del demonio, y luego aparecían cargados de disculpas y de remordimientos.

Sin embargo, el padre Calle insistía en que la situación con fray Conti era diferente. Estaba seguro de que se había ido de la comunidad, y quizás ya del país, porque no solo las circunstancias lo indicaban, sino también por el pálpito interior que sentía desde la mañana muy temprano y le hacía estremecer el cuerpo de sorpresa e indignación.

Le explicaba el provincial que la amistad con unos cuantos pastores protestantes no podía hacerles caer en la trampa de la facilidad. Quizás se enclaustró en alguna parte para dedicarse a escribir, sin atinar a avisarle a alguien. Usted sabe cómo es él, siempre excéntrico e impredecible.

Lo que pasa, explicó el maestro de coristas, es que él ya le había comentado a dos o tres de los frailes más amigos que estaba pensando en serio en irse para Alemania a hacer un doctorado en teología, pues le ofrecían todo. Pasajes, residencia en la universidad, libros y acceso a todas las bibliotecas necesarias, empleo como asistente de un profesor titular para que tuviera algunos marcos en el bolsillo, y discreción para que nadie en Colombia, en mucho tiempo, supiera dónde se encontraba. Incluso, cuando se graduara, podría irse a cualquier país de América Latina, si era su decisión no regresar aún a Colombia.

El padre provincial, por primera vez, creyó que el asunto resultaba más complejo de lo sospechado. Preguntó entonces por qué no se había hecho nada en concreto si se tenía tanta información. Y el padre Calle, aturdido aún, explicó que estaba seguro de manejar la situación y de mantener a raya al fraile antes de que cometiera una locura. Ahora le preocupaba en serio que las cosas se le hubieran salido de las manos y sobre todo, el escándalo que se les iba a venir encima apenas la comunidad se enterara de los detalles y la prensa contara el caso con titulares de miedo.

La prensa no dirá nada si mantenemos esto en silencio, contestó el padre López, tajante. Primero nos hemos de asegurar de que fray Conti ya se fue. Hay que llamar a la familia, preguntar más detalles a los coristas amigos suyos, averiguar en las líneas aéreas que viajan a Europa si se ha embarcado alguien con su nombre, y apenas se confirme todo, decirle la verdad sin demasiados detalles a la comunidad de La Porciúncula con el pedido expreso de que la noticia no salga de allí.

Los dos estaban de acuerdo en asegurarse de que se había ido, pero el maestro de coristas me expresó sin titubear que no podía estarlo en aquello de contarles a los demás. Sería mejor, dijo, hablar reservadamente con los frailes que saben del asunto para pedirles silencio, en bien de la comunidad. Pero los peligros de un rumor a manera de alud incontrolable frenaban otros pensamientos del provincial. Estaba convencido de que eso sería peor, y le dijo al padre Calle que se acordara del cuento de García Márquez que hablaba de un rumor que se echó a rodar en un pueblo y al final todo el mundo terminó yéndose muerto de miedo. Y no tuvo temor alguno de ser enfático en su posición, pues no se prestaría a que ello pasara en su comunidad, golpeada otras veces por chismes basados en una realidad que se oculta con buenas intenciones.

El padre Calle no daba su brazo a torcer. Me argüía, y le repetía al provincial, que mientras se confirmaran los detalles de la historia, así se necesitaran varias semanas, era conveniente no reconocer de modo oficial el hecho, aunque los rumores no dejaran de circular dentro y fuera del convento. Es mejor una historia sin piso aunque cree alarma, que una revelación desafortunada, sentenció.

Quizás lo mejor sería un comunicado oficial del superior provincial, dirigido a todas las casas y conventos, en el que se dijera qué sucedió y aclarara que los superiores de la Provincia y de La Porciúncula lamentaban lo sucedido, explicó a su vez el padre López, haciendo ver que no lograrían un acuerdo por ahora y que resultaba mejor conversar personalmente.

El maestro de coristas delegó algunas responsabilidades con el fin de obtener la mayor información en el menor tiempo posible. Me tocó llamar a la familia, donde nadie parecía tener la menor idea. Incluso, un hermano de fray Conti amenazó con poner el asunto en conocimiento de las autoridades si en veinticuatro horas la comunidad no les daba noticias del desaparecido. Los amigos tampoco pudieron aportar detalles. Su historia, apenas fragmentaria, no tenía ningún dato preciso. No sabían si la decisión era en firme, si el viaje era inminente, ni cuál era la iglesia protestante que le ofrecía una vida en Alemania, y ni siquiera en qué ciudad iba a estudiar. Nada. No se atrevían a llamar por teléfono a las comunidades protestantes registradas en el directorio telefónico, y ni siquiera a preguntar en la embajada alemana sobre quiénes estarían en capacidad de ofrecer tales condiciones a un joven colombiano, y menos, a comunicarse con la Curia Arzobispal para informarse de manera confiable sobre la presencia y actividades de los protestantes en Bogotá. Cualquier averiguación por fuera de las estrictamente conventuales daría al traste con el sigilo.

Al día siguiente no tuvieron más remedio, de acuerdo ya el provincial y el maestro de coristas, que dar a conocer a la comunidad lo que presumiblemente había sucedido, sin detalles y dejando en claro que el fraile sería acogido de nuevo entre los franciscanos si regresaba en un plazo razonable y reconocía abiertamente sus equivocaciones.

Pero el padre Calle no se daba por vencido. Solicitaba a otras personas que llamaran a la casa de fray Conti a ver si daban el brazo a torcer y revelaban algún detalle o dejaran al descuido la más mínima pista. Sin resultados. Siempre decían que no tenían la menor idea y que eran los primeros en reclamar noticias de parte de los franciscanos. Aunque tampoco revelaban demasiadas preocupaciones, y eso resultaba bastante sospechoso.

Le había pedido a un sacerdote diocesano amigo suyo, párroco en el sur de Bogotá, que averiguara acerca de las actividades de las sectas protestantes, procedentes de Alemania, en la ciudad. Sobre todo, quiénes eran sus pastores y cuáles eran las personas que se entendían de manera directa con los europeos.

Sin embargo, nunca los informes pasaron de nombres criollos, de direcciones de iglesias modestas y de buenas referencias.

Le escribió entonces a un fraile alemán que alguna vez había venido a Colombia, para ver si por ese medio resultaba menos complicado dar con el paradero del corista desertor y salir de dudas de una vez. Pero encontrar un estudiante colombiano en las decenas de instituciones protestantes dispersas por aquel país, en las que además había abundantes vocaciones de América Latina, resultaba una pesquisa imposible. Y un asunto de semanas.

Los intentos del padre Calle no cesaron hasta que el padre provincial, meses después, lo llamara por teléfono desde su despacho y le dijera que no se esforzara más en certificar la suerte de fray Conti. La familia había recibido un telegrama desde Frankfurt en el que decía que estaba bien, que estudiaba alemán y teología y que les contaran a los franciscanos en Bogotá que se sentía mucho más comprometido en su nuevo proyecto.

De anotaciones anónimas sin permiso del maestro

La mañana en que los frailes leyeron con sorpresa la primera nota pegada en la puerta de la sala de recreo, los comentarios se concentraron en quien copiaba sentencias aleccionadoras en una de las viejas máquinas de escribir que estaban a disposición de todos en el salón de clase.

Sospecharon al momento de quién se trataba, pero ninguno tenía la menor prueba. La habían encontrado al salir del desayuno, escrita en una hoja común y corriente y clavada con un chinche. Quería decir que el mensaje fue colocado allí en las horas de la noche, cuando todos estaban en sus celdas y seguramente durmiendo.

Hermano: "Cuando entre en tu corazón la sabiduría y sea dulce a tu alma la ciencia, te guardará el consejo y te preservará la inteligencia para librarte de los caminos de los malos, de los hombres de perversos razonamientos; que dejado todo buen camino, van por sendas tenebrosas, se gozan en hacer el mal y se huelgan en la perversidad del vicio, siguen caminos tortuosos y se extravían en sus andanzas" (Prov. 2, 10-15).

El padre maestro retiró la nota sin hacer comentarios, la dobló en cuatro y la guardó en uno de los bolsillos del hábito. Supieron entonces que iba a decir algo antes de la clase y que quizás preguntaría por el responsable de publicar por iniciativa propia un texto inofensivo, que parecía más bien invitar a la reflexión.

En realidad, lo único que dijo fue que aquellas recomendaciones, aunque podrían ser pertinentes, resultaban innecesarias presentadas así, de manera irregular y anónima, en una comunidad empeñada en la perfección, y también porque el fraile de la iniciativa se tomaba atribuciones del superior. Su recomendación final fue olvidarse de las equivocaciones de los demás y concentrarse en las propias.

Cuando a la semana siguiente encontraron un segundo mensaje pegado con otro chinche en la puerta del refectorio, por la parte exterior, el padre Roldán ni siquiera la retiró. Le pidió a uno de los novicios que lo hiciera y la botara a la basura. Y en el salón de clase no dijo una sola palabra. Esperaron en vano un reproche que subiría casi imperceptiblemente de tono y que crecería en severidad a medida que el maestro de novicios se irguiera en la silla de madera y cuero del salón y su rostro tomara un color rollizo ya familiar. Pero nada.

La tercera nota advertía sobre la maldad y los castigos de Dios y fue colocada en la puerta de la capilla antes del amanecer y de que todos los frailes se presentaran para sus oraciones matutinas.

"El hombre malo, el hombre depravado, es el que anda en perversidad de boca; que guiña los ojos, que habla con los pies, que hace señas con los dedos. Perversidades hay en su corazón; anda pensando el mal en todo tiempo; siembra las discordias. Por tanto, su calamidad vendrá de repente; súbitamente será quebrantado, y no habrá remedio" (Prov. 6,12-15).

El maestro, siempre entre los primeros en llegar, retiró el papel, lo guardó en el breviario sin doblarlo y el gesto seco de su cara reveló la molestia que sentía. Pero no dijo ni una palabra hasta el comienzo de la clase. Como ninguno de los novicios mencionara algo durante la sesión de culpas, el maestro tomó la nota, la leyó en voz alta y dijo, con una frase breve y dura, que no quería más mensajes y que el responsable no tenía por qué predicar a sus compañeros. Nadie había sido autorizado para ello. Explicó que quizás el autor de aquel plan de sanas intenciones obraba de buena fe y por lo pronto no estaba cometiendo ninguna infracción a la Regla, por lo que no le insinuaba que saliera a decir la culpa delante de todos. Pero la próxima, si la había, sería entendida como un reto a la autoridad del superior y castigada como tal. Con la severidad del caso.

El silencio, como siempre, siguió a las palabras del maestro. Silencio y lectura de la lección de latín. Pocos frailes podían concentrarse en la tarea porque sus mentes estaban ocupadas en calcular lo que iba a suceder luego, pues estaban casi seguros de que el fraile del que sospechaban, en el afán de sacudir la modorra del convento, seguiría pegando notas en las puertas.

No hacía sino leer desde que había sido recibido oficialmente como novicio, sin descuidar, por supuesto, las obligaciones rutinarias. Y no leía de cualquier manera ni cualquiera de los textos permitidos. Un plan detallado en el que estaban incluidos los libros indispensables, los capítulos de algunos otros y relecturas y resúmenes de cada tema, había sido preparado por el fraile con una meticulosidad pasmosa.

Se ocupó de preguntar a todos los sacerdotes en los que confiaba en asuntos espirituales, cuáles eran, en sus criterios, los textos fundamentales de un novicio que pensara tomar muy en serio su preparación para los votos temporales y la vida en comunidad. Las respuestas, aunque coincidían en algunas referencias, resultaron tan variadas y con tantos énfasis que el entonces aspirante salido de un convento de Hermanos Maristas ya con una disciplina personal envidiada por todos, recopiló las insinuaciones por orden alfabético y empezó a conseguir prestados, a franciscanos y en bibliotecas, los libros claves.

Pero los resultados no compensaron el esfuerzo. Obtuvo pocos, le prestaron menos y el equipaje que le permitían en el convento de San Nicolás estaba muy restringido en materia de libros. Por eso, cuando se encontró con una vieja biblioteca al servicio de los frailes, de la que por divina casualidad y repetidas oraciones le encomendaron el manejo, creyó que desde el cielo había sido confirmado su deseo de leer con orden y diligencia, y de paso, garantizarse a sí mismo que sus compañeros aprendieran alguna cosa que les sirviera en la vida conventual, gracias a su ejemplo.

Pasaron por sus manos libros y pasajes clásicos del Antiguo y Nuevo Testamento, que ya había leído en varias ocasiones; Padres de la Iglesia como San Agustín y San Buenaventura y biografías de los místicos franciscanos. Guardaba en uno de los bolsillos del hábito una raída edición de la Imitación de Cristo, de Kempis; sabía de memoria poemas completos de San Juan de la Cruz; tomaba cada día notas del martirologio que se leía en público a la hora del desayuno y preguntaba a cada sacerdote que llegaba al claustro de San Nicolás, si podía conseguir alguna obra de monseñor Fulton Sheen. Leía sin interrupción, anotaba en cuadernos divididos por temas, llenaba un fichero con reflexiones que le suscitaban los textos hasta que se fue convenciendo de que todo ello era una especie de encargo de la Divina Providencia, un mandato que recibía con humildad y plácemes. Ya no participaba en el recreo de la noche y los oficios del medio día los realizaba en soledad y pleno silencio, lo que le daba tiempo adicional, según explicaba, para leer en aquellos minutos de respiro y meditar con delicioso detenimiento sobre los escritos y tratar de aprehender sus sabios contenidos.

Y no solo los frailes lo veían ensimismado en su afán de lectura y de tomar apuntes, sino que semanas atrás el mismo padre maestro lo había reconvenido en público, después de una clase sobre la historia de la Orden, porque se había separado demasiado de los compañeros en los espacios que estaban previstos para fortalecer los lazos de solidaridad y el sentido de comunidad.

Pero el llamado de atención no tuvo efecto durante más de una semana. El fraile se veía haciendo un gran esfuerzo, sobre todo en el recreo, para compartir alguna conversación intrascendente sobre el partido de fútbol de la tarde o tratando de poner atención al relato del padre Roldán sobre sus años en Roma al lado del superior general de la Orden, o sobre los estudios del padre Agustín Gemelli alrededor de la sicología de las personas que viven en comunidad.

Volvió a la biblioteca todo el tiempo posible, a enclaustrarse en la celda y acostarse tarde, a cargar libros pequeños en los bolsillos para poder leer durante sus tareas del medio día, y a apartarse un poco en el recreo de la noche para poder resumir en su cuaderno lo leído en la jornada y consignar sus impresiones.

Y a pesar de que para todos los novicios eran evidentes las actitudes de su compañero, las sospechas sobre la proveniencia de las notas pegadas en las puertas se hicieron claras desde que cayeron en la cuenta de que él mismo les susurraba, días atrás, citas de la Biblia, de pensadores cristianos y místicos, a manera de sugerencias sobre su vida personal.

La impaciencia del maestro se desbordó la mañana en que apareció la siguiente nota en la puerta de la sacristía de la iglesia. Allí mismo, después de que todos se habían acomodado para el rezo de los maitines, hizo con voz agitada una serie de recomendaciones con énfasis en el respeto por las decisiones del superior, el sentido de la obediencia en las cosas mínimas, y las pretensiones de quien estaba asumiendo el papel de orientador de la vida religiosa de los novicios, cuando su papel se limitaba a formar parte de un grupo de frailes que se preparaban para los votos y en el conocimiento de la Regla, sin los alardes de quien se siente por encima del bien y exento de las arremetidas a veces sutiles del mal. La arrogancia de creerse mejor o de pensar que los demás aprenderían de sus propias inquietudes espirituales, como si hubiera sido predestinado para ello, resultaba censurable y era de por sí merecedora de decir la culpa en el refectorio, delante de la toda la comunidad. Terminó diciendo que fray Bernal debería hacerlo esa misma mañana, a la hora del desayuno, y prometer delante de todos que no volvería a caer en la tentación de sentirse más preparado o más digno que sus compañeros y, por último, que debería entregarle enseguida el manejo de la biblioteca a fray Ochoa.

Del fraile que estaba tragado de la virgen

Al otro día de llegados a San Nicolás para el año de noviciado, todos sabían ya de la virgen. Solo que como era época
de vacaciones escolares ella no aparecería hasta finales de
enero, antes de que volvieran las estudiantes al colegio de
las monjas.

La expectativa fue creciendo cada vez que alguno de los
novicios que terminaban su preparación y se aprestaban a
hacer votos, hablaba de ella en los momentos de esparcimiento y en el coro, durante la segunda misa de la mañana
que se rezaba para los fieles de los alrededores, entre ellos
las monjas.

La virgen podía tener entre quince y dieciséis años, blanca,
de estatura mediana, delgada, de facciones delicadas y
cierto parecido con las representaciones y estatuas más co-
nocidas de la Virgen María, de quien derivaba su sobrenom-
bre. Eso era lo que decían los frailes. Y añadían que iba todos
los días a misa en compañía de las hermanas del colegio,
que comulgaba invariablemente y que de salida, cuando iba
caminando por el pasillo central de la iglesia, miraba con disimulo hacia el coro para buscar entre todos los novicios al
que le gustaba en secreto.

Llegó la mañana en que entraron las monjas a la iglesia
para la misa de siete, seguidas de varias muchachas unifor-
madas con la misma falda gris, blusa blanca, saco azul oscuro, zapatos negros y medias blancas. Sobre la cabeza llevaban un manto negro que se recogía sobre sus hombros. El
único de los novicios que pudo ver si entre ellas estaba la
virgen fue fray Villa, quien se disponía a oficiar de acólito

en la ceremonia. Los demás estaban en el coro, bastante alejados de las tres candidatas sometidas al juicio de los frailes debido a la enorme carga de expectativas.

Los novicios estuvieron pendientes del momento en que todas se voltearían mirando hacia la puerta, después de la comunión, para tratar de verlas en esos segundos y deducir si la virgen era alguna de las que se mezclaban entre las monjas. Preciso. Debía ser la última de la fila de fieles que recibieron el sacramento y se devolvieron piadosamente hacia sus bancas. Pero como llevaban manto y la cabeza agachada por la devoción, no pudieron tener ninguna certeza. Parecía ella.

La espera duró hasta la salida de misa, cuando las monjas encabezaron de nuevo la fila que se retiraba de la iglesia. Ella seguía siendo la última, aún demasiado recatada como para atreverse a mirar hasta el coro y enterarse de la presencia allí de frailes nuevos, como todos los años.

Fray Villa fue entonces el que pasó la noticia luego de las oraciones previas al desayuno, en el refectorio. Debía ser la virgen, según los datos de los anteriores novicios que después de profesar sus votos temporales se habían ido de vacaciones a una finca en Arbeláez, antes de establecerse en el convento de La Porciúncula, en Bogotá. Debía ser ella, pues en el momento de sostener la patena cuando el oficiante repartía la comunión, pudo verla muy de cerca aunque sin tiempo tampoco para observar su cara en cada detalle y confirmar la descripción tantas veces escuchada.

A los pocos días todos la distinguían tan pronto aparecía por debajo del coro de la iglesia mezclada entre las monjas, por su forma de caminar, su cara tan blanca, su pelo negro y largo y porque, sin falta, a la salida de la misa de cada día, dirigía una mirada rápida al coro como para familiarizarse con la docena de muchachos que habían vestido el hábito.

Uno a uno la fueron viendo bien de cerca, en el momento de acompañar al sacerdote en la ceremonia de repartir la comunión a los fieles. Y los comentarios se sucedían en el primer tiempo libre de la mañana, después de las clases con el padre Roldán y de tomar las mediasnueves.

Todos coincidían en que era hermosa, quizás tímida, de facciones muy pulidas y de ojos bellos, por lo que se merecía bien el apodo con que la bautizaron tres años atrás, desde cuando comenzó a trabajar con las monjas del colegio.

Ningún otro dato estaba a mano de los frailes. Ni siquiera su verdadero nombre, puesto que nunca se entraba en contacto con nadie extraño, así fuera una monja del vecindario. Por ello, las conversaciones casi siempre hacían cábalas alrededor de las pocas cosas deducibles. Por el hecho de irse a vacaciones, cada año, se había descartado la posibilidad de que se hubiera criado entre las religiosas. Debía ser de algún sitio cercano, y simplemente trabajaba con ellas, de pronto a la espera de tener más edad y acumular méritos para hacer su ingreso formal al aspirantado de la congregación.

No mucho después, las discusiones amistosas en el coro, al final de la misa para los fieles, se enredaban en quién era en realidad el preferido de la virgen. Ella ya los había visto también a todos cuando recibía la comunión y debía buscar a alguno entre los once que cada mañana estaban pendientes de sus ojos.

En la soledad de su celda y de sus pensamientos, cada uno de los novicios anhelaba ser el privilegiado sobre el que la virgen detenía su mirada. Les causaba cierta emoción la posibilidad de convertirse en alguien observado, detallado, llamativo y quizás amado por una jovencita que debía saber perfectamente que nada pasaría del cruce emocionado de los ojos de ambos a la distancia, o en el momento de la comunión la mañana que les correspondiera el turno de acolitar la misa.

Por eso fueron presa de la risa, de la sorpresa y de la angustia, meses mas tarde, cuando antes de que comenzara la clase de latín, fray Villa se acercó repentinamente al escritorio del padre maestro con el libro para traducciones en la mano, y en vez de hacer alguna consulta sobre el tema del día, cayó de rodillas al piso, agachó su cabeza hasta el suelo y comenzó a contar una historia perpleja cuando el maestro le autorizó la palabra.

Dijo que desde la primera vez que vio a la virgen había quedado turbado por su belleza y por su sencillez, pero creyó ser capaz de superar este estado en breve tiempo. Mientras permanecía en el coro, durante las ceremonias que se oficiaban para los fieles del vecindario, podía controlar perfectamente sus emociones, pero cada vez que ayudaba a misa y le tocaba acompañar al sacerdote a repartir la comunión, se le volvía a meter su imagen entre pecho y espalda para no abandonarlo en días enteros en los que se sentía poseído por ella. Sin embargo, su sentimiento era completamente puro, alejado de todo pecado y de cada mal pensamiento. Ni se le pasaba por la cabeza nada que le diera siquiera vergüenza, pero se sentía mal, tan mal que se había creído en la obligación moral de decir la culpa, porque en vez de ir dominando sus sentimientos por la virgen, ella permanecía en su pensamiento más que cualquiera otra persona, hasta el punto de impedirle la debida concentración en muchas de sus responsabilidades.

El padre maestro lo observaba fijamente, sin pestañear siquiera, serio y al parecer un poco desconcertado. Por ello, esa misma tarde fray Villa contó que el padre Roldán, que le había dicho en el salón de clase que rezara un avemaría y mejor hablaran del tema en su celda, antes del rezo comunitario del Oficio Divino correspondiente al medio día, no tenía ni la más mínima idea de si el fraile hablaba de la Virgen María y de una repentina y exagerada devoción mariana, o de alguien que los novicios denominaban así y él desconocía por completo.

Un día después, la virgen dejó de asistir a la misa para los fieles vecinos por espacio de dos meses, período en el cual fray Villa debía estar completamente seguro de sus sentimientos y del sentido de su permanencia en el noviciado. En silencio, otros frailes tomaron para sí mismos el plazo, porque aunque no habían salido a decir la culpa y confesar su turbación interior ante la presencia de aquella joven, sentían lo mismo que el fraile que, según el padre maestro, Dios había sometido a prueba muy a tiempo.

De la desgracia que cayó sobre el sacristán

En la segunda repartición de oficios, cosa que el maestro hacía cada dos meses exactos, me asignaron el de sacristán. Quizás era el encargo más honroso dentro del noviciado, pues las responsabilidades eran notorias: abrir la capilla bien temprano en la mañana, poco antes de las cinco, alistar los ornamentos para las ceremonias, barrer, trapear y sacudir la casa de Dios y adornar el altar para las conmemoraciones especiales. Y por supuesto, cerrar hacia las nueve de la noche una vez los frailes se hubieran retirado a sus celdas.

Aunque el padre maestro mantenía una copia de la llave de la capilla del noviciado, de todos modos esperaba que el sacristán llegara a abrir cumplidamente cada mañana. Siempre estaba al pie de la puerta en actitud recogida, atento al orden, a la limpieza y el cuidado general que día a día se le dedicaba a la capilla.

Y eventualmente, si cada encargo le parecía perfecto, me lo decía al oído, sin testigos. Le quedó muy linda. Me gustaron sus arreglos de flores. Se le nota la cera al piso. Cada frase me llenaba de orgullo y me daba ánimo para pasarme horas enteras en las tardes, después del almuerzo, dedicado a los detalles.

Los utensilios de cobre y de bronce que se utilizaban como adornos en las ceremonias y que hacían más esplendorosa la capilla, fueron pasando por mis manos hasta quedar como espejos. Las sillas adquirieron lustre desconocido. El piso impecable daba gusto. Los arreglos florales eran ensayados una y otra vez en una pequeña pieza del primer piso del convento, donde se guardaban los floreros, estantes y baldes. Ni una mota de polvo se permitía sobre los muebles.

El altar siempre blanco, parecía recién alisado, dispuesto. El sagrario reveló su mejor color dorado, y el copón y la pequeña custodia fueron sometidos a un pulimento con cuidado y decoro, con el visto bueno del padre maestro.

A tal punto que en la siguiente asignación de oficios, al cabo de dos meses y como cosa inusual, el padre Roldán decidió reelegirme en el mantenimiento de la capilla. Ningún otro novicio fue confirmado en el cargo, lo que significaba la más alta calificación para el responsable.

Pero el orgullo se me convirtió en calvario dos semanas más tarde, cuando que le tuve qué contar al padre Roldán que se me habían perdido las llaves de la capilla y que no tenía la más mínima idea de dónde. El maestro estrechó su exigencia. Él mismo abría la capilla en las mañanas y la cerraba por la noche con tal de no prestarme la llave, y me había dado la orden de buscarla en cada centímetro del convento hasta encontrarla.

Yo simulaba buscar afanosamente la llave en el patio central, entre los jardines, en la huerta, en los alrededores de la conejera, en el camino del viacrucis, en la estrecha cancha de fútbol. Y debía hacerlo para que el padre maestro no fuera a pensar que no ponía empeño en el encargo, pues tenía la seguridad, después de reconstruir todo lo que había hecho desde que la llave desapareció, de haberla botado el día el entierro del benefactor de la comunidad en Ubaté, justo cuando tuve que saltar una cerca para socorrer a una niña que acaba de ser atropellada por un vehículo en una carretera adyacente al cementerio. Días después el maestro me preguntó si había encontrado la llave, aunque sabía bien que no porque seguía abriendo la capilla temprano cada mañana.

"Búsquela mejor, hasta que la encuentre", fue la respuesta seca del padre Roldán en tres ocasiones sucesivas. Decidí entonces decir la culpa en el salón de clase porque no me atrevía a contarle que la llave se había extraviado fuera del convento.

Al día siguiente salí al frente después de las oraciones de rigor, me arrodillé y con la cabeza toqué el suelo. Una vez autorizado, relaté lo sucedido con la llave y dejé en claro que me sentía mal porque ahora el padre maestro era quien debía abrir la capilla en las mañanas, y sobre todo, por no haber podido encontrarla.

Hosco, con la piel más rolliza y brillante y con sus ojos iluminados por la impaciencia, el padre Roldán me reprendió por irresponsable y por no haber puesto todo el empeño en la búsqueda de la llave de la capilla. "La llave es el símbolo del más grande deber, del delicado compromiso de mantener como una joya la casa de Dios. Y usted se ha olvidado de ello". Y concluyó diciéndome que debería decir la culpa en el refectorio, a la hora del almuerzo, delante de toda la comunidad.

El resto de la mañana fue tensa. Era la primera ocasión en que alguien de mi grupo debía arrodillarse en medio del comedor, en un momento en que estaban presentes y atentos todos los frailes, sacerdotes y hermanos, tanto los que vivían en el convento como los que residían en el noviciado. Sentía que me ponía pálido y las manos me sudaban tanto que debía secarme con un pañuelo. No pude concentrarme en nada el resto del tiempo. En el rezo del oficio del medio día ya el susto me impedía casi la respiración. Me encomendaba a San Francisco en todos los tonos, recordaba los pasajes fundamentales de Las Florecillas y su insistencia en la humildad y el desprendimiento del orgullo, y recordaba una breve instrucción práctica de fray Paredes: Respire profundo, lo más profundo que pueda, y verá que se siente mejor.

El camino de la iglesia al comedor, que apenas atravesaba el jardín interior del primer piso del convento de San Nicolás, fue largo y lento. Los novicios caminaban en fila, silenciosos, y podía escucharse el roce de las sandalias de suela de caucho contra las baldosas brillantes, y el golpeteo sincronizado de las camándulas de alambre y chumbimbas contra los muslos.

Cuando todos los frailes estaban de pie detrás de sus asientos en el refectorio, inmediatamente después de las oraciones de rigor, salí al centro y antes de que los presentes lo advirtieran, me arrodillé y bajé mi frente hasta el piso vino tinto. Los segundos no parecieron largos sino vacíos. Sentí cuando el superior del convento invitó a todos a sentarse y cómo rastrillaban los asientos de madera sobre el suelo. Poco después, el padre Flórez me autorizó a decir la culpa. Me incorporé y mirando al frente dije que había perdido la llave de la capilla semanas atrás, que no la había encontrado por más que la busqué y reconocía que era mi responsabilidad; arrepentido, pedía disculpas a la comunidad y la penitencia a mi superior.

El padre Flórez, en su parsimonia y solemnidad, tragó saliva antes, pasó su mano derecha por la frente amplia y me dijo en su voz grave que en penitencia debía rezar allí tres aves marías, lavar los baños del primer piso del noviciado durante dos semanas y, que además, ya no sería el encargado de la capilla. Cuidar dos docenas de conejos fue la siguiente tarea que el padre maestro me impuso.

Del fraile que logró dormir con un perro

Desde que llegó con un perro blanco, amarrado con un lazo, el padre superior le dijo al hermano Camilo que ni riesgos. El convento no resistía otro perro más. Pero como ya se imaginaba que le iban a decir exactamente lo mismo, había preparado uno a uno sus argumentos.

Explicó que el pobre animalito estaba a punto de morir de desnutrición porque la familia dueña no tenía con que alimentarlo. Que se trataba de una obra de caridad perfectamente de acuerdo con las enseñanzas de San Francisco. Que apenas estuviera más grande y pudiera valerse por sí mismo, le buscaría otro hogar entre los vecinos del convento. Que los otros perros que tenían allí eran guardianes, apenas salían de noche y este, más tierno, les serviría de compañía y les alegraría la vida a todos.

Mientras enumeraba sus razones, fray Camilo hacía gala de sus mejores ademanes y ponía cara de lástima. No le faltó sino que al padre maestro se le encharcaran los ojos de ver al hermano enternecido y al cachorro como una mota crespa que rodaba por el piso de madera.

Le dijo entonces que sí, pero con condiciones. No lo podría entrar a ninguna de las celdas, se debería encargar de su alimentación con las sobras de las comidas de los frailes, lo bañaría cada quince días para que no cargara pulgas ni cogiera malos olores, le construiría una perrera con madera de la que se guardaba en el depósito, y sobre todo, quedaba responsable de recoger los excrementos que el animal dejara en sitios inapropiados mientras aprendía a hacerlo debidamente.

Feliz, fray Camilo salió con Motas -como lo bautizaron después- hacia el depósito a seleccionar la madera para la

casa y dos horas más tarde estaba terminada, exactamente antes de la sesión de meditación y rezo de la tarde. Colocó la perrera en una esquina del patio central del convento, entre algunas matas grandes que permitían un cierto camuflaje, le puso un pedazo de ruana vieja a manera de alfombra, encima de unos papeles de envolver, y soltó la mascota para que reconociera el lugar mientras los frailes realizaban sus deberes espirituales y comían luego en pleno silencio.
Pero desde que salieron de la iglesia y marchaban en fila hacia el refectorio, los aullidos del animal alertaron todos los oídos. Nadie, excepto fray Camilo y el padre maestro, entendía lo que estaba sucediendo en el patio. Ningún otro fraile tenía noticia de que a un perro extraño se le permitiera vivir entre los muros del convento.

Motas debió sentirse solo en un paraje desconocido y comenzó a chillar con desespero, exigiendo de alguna manera la presencia de alguien. El padre superior mandó a fray Camilo para que callara al animal, le diera algo de comer o viera qué hacía con tal de tranquilizarlo. Todo fue inútil. No quiso comida, ni agua, ni palabras dulces, ni reconvenciones un poco más fuertes. Apenas el fraile se retiraba el perro reiniciaba un aullido penetrante que invadía en segundos todos los espacios del convento.

Tal fue la desesperación del padre Flórez que le permitió a fray Camilo que se llevara el perro para su celda esa noche, con tal de que se recuperara la tranquilidad de siempre.
Y el perro durmió desde ese momento en la celda del hermano porque, a pesar de que durante el día permanecía libre en el patio, cada que lo sacaba de noche al corredor comenzaba su escena. Y nadie soportaba a esas horas aquel aullido que interrumpía el silencio y la última oración.
Motas llegó a convertirse en la mascota preferida. Todos tenían que ver con él de alguna manera, y ya no hizo falta que fray Camilo fuera quien se encargara exclusivamente de su cuidado. Por turnos otros frailes le llevaban la comida del

día, le llenaban la vasija del agua, lo bañaban y le pasaban el cepillo para que el pelo le quedara alborotado.

Sin embargo, el padre maestro de novicios se sentía inquieto con el perro, porque le parecía demasiado consentido y faldero. Pero ante todo porque Motas se echaba patas arriba cada que algún fraile iba a acariciarlo y exhibía juguetón un miembro erecto, puntudo y rosado.

Alguna vez dijo que ese espectáculo no quedaba nada bien entre religiosos, así fuera plenamente ingenuo.

Dispuso entonces que yo, en compañía de uno de los hermanos de la comunidad, con el visto bueno del padre Flórez, le preguntáramos a los finqueros y campesinos que vivían en las cercanías del convento, cuando fueran a los servicios religiosos, si la actitud del perro era normal, común y corriente.

Las respuestas fueron tan disímiles como la experiencia de los interrogados. Sin embargo se lograba concluir que los perros cuando están cachorros pueden excitarse con facilidad, hasta el punto de parecer dispuestos a que los acaricien en los genitales, pero finalmente no lo toleran. Y cuando están adultos, entre los dos y tres años, si persisten en una conducta semejante, es quizás porque se los trata de alguna manera maliciosa o tal vez se los amaestra. Y como Motas tenía más o menos dicha edad, el padre Roldán quedó ahora sí preocupado.

Pero antes de atreverse a pensar mal de fray Camilo o de cualquier otro fraile, el maestro de novicios encargó a Bogotá un buen libro sobre perros para estudiar en serio el tema. Los que se enteraron de los intereses de lectura del padre Roldán no dejaron de sorprenderse. No les cabía en la cabeza cómo una persona dedicada a leer ascetas, teólogos alemanes y clásicos de la Orden de pronto tuviera ojos para un texto sobre asuntos tan terrenales.

Pero el libro que le mandaron no tenía ni una sola línea de su interés. La sexualidad de los perros era tratada tan solo desde el punto de vista de la reproducción, y mucho más en detalle sobre los ciclos de las hembras que sobre las condiciones de los machos. No le quedó más remedio que pensar en otra estrategia para averiguar qué estaba sucediendo con Motas. Y como en el día el perro permanecía en relativa libertad dentro del convento, se dispuso a saber lo que podría suceder en las noches.

A las tres semanas el padre maestro explicó en la clase de la mañana, en medio de pausas profundas con las que trataba de mantener la calma, que fray Camilo había sido aislado y trasladado de inmediato al convento de Santa Marta, debido a conductas indecorosas comprobadas que no era del caso explicar, y que el perro había sido regalado a una de las familias vecinas.

Lo que no calculó el padre Roldán fue que el hermano, antes de salir del convento rumbo a Bogotá, donde tomaría el avión para la Costa Caribe, le contó compungido a uno de sus compañeros de San Nicolás, porque no se aguantaba el remordimiento ni el taco en la garganta, que el padre Roldán lo había sorprendido por la ventana de su celda que daba al potrero, cuando la noche anterior practicaba con Motas algo que se le había convertido en una costumbre que lo avergonzaba: dos o tres veces por semana se untaba miel de panela en los genitales y permitía, en medio de una excitación nunca antes experimentada, que el animal lo lamiera.

De la vida solitaria de un fraile independiente

La sorpresiva muerte del padre Uribe me cayó no como un balde sino como un enorme tanque de agua fría. Las imágenes de la vez que estuvimos en Bucaramanga durante la promoción del disco de villancicos, cuando lo busqué para hablar con él pues su personalidad me suscitaba muchos interrogantes, me inundaron la cabeza. Siempre me pareció un extraño caso dentro de la comunidad, ante todo por su independencia, palabra condenada entre los franciscanos. Quería saber muchas cosas, tener respuestas, como cuando hice el viaje para hablar con el padre Tamayo en Ibagué. El paisa, como le decían, siempre me había parecido una persona fuera de lo corriente, de una afabilidad pegajosa, espontáneo, directo, de excelente humor, buen deportista y nada engreído a pesar de su master en matemáticas de la Universidad Católica de Washington, de los cuatro idiomas que manejaba con habilidad y de un encanto personal que despertaba no pocas envidias a su paso. Otros, con menos títulos y carisma personal, se habían convertido en reverendos insoportables. Acercarme no fue fácil porque su amabilidad, paradójicamente, se convertía en obstáculo. Hablaba con mucha facilidad de cosas exteriores, de cómo se sentía ejerciendo de superior en un convento enorme y despoblado, de cómo marchaban las cosas en el colegio, de sus amigos y aún de su familia, casi toda asentada en Jericó y empeñada en la sobrevivencia. Pero una pregunta sobre él mismo, un sencillo interrogante de esta clase, lo ponía serio, con rostro adusto, silencioso. En realidad no le importaba mucho ser el superior en la comunidad. Simplemente era una tarea que le había sido encomendada por el padre provincial, como una manera de tenderle pruebas, y la tomaba con la menor complicación posible, sin restringir a los demás religiosos, sin exigencias especiales, sin ni siquiera ser estricto en las pocas actividades en comunidad. Cada fraile cumplía rutinariamente con sus obligaciones, daba sus clases, estudiaba en su celda, atendía otras labores asignadas, que casi siempre se referían a responsabilidades con el colegio y con la parroquia, salía a hacer alguna vuelta con la venia de su superior, y listo. Así que el padre Uribe no tenía qué dedicar mucho tiempo a las labores de conducir seis curas y cuatro hermanos que no le daban problemas. Tenía mucho tiempo para él por lo que me dijo, leía varias cosas a la vez, sobre todo temas de teología contemporánea y cosmología, hacía deporte temprano en la mañana y antes de la comida, caminaba sin rumbo especial cada que le quedaba tiempo, preparaba sus clases de matemáticas y física, y de vez en cuando iba por las noches a la casa de alguna familia amiga a conversar y tomarse un tinto con una copa de whisky. Me contó con rapidez su rutina como para que yo quedara satisfecho y no le preguntara nada más sobre el tema, y de inmediato cambió la conversación y me interrogó por mis planes, por mi familia, sobre cómo estaban las cosas por Bogotá y demás obviedades necesarias. Se levantó de su escritorio y en un rincón de la celda amplia comenzó a preparar un café que llenó de aroma el cuarto. Mientras tanto fue contando cosas de esa ciudad, de las gentes de allí, de la aceptación que el colegio tenía entre los vecinos y de cómo la comunidad se había ganado el aprecio de todos, comenzando por las autoridades eclesiásticas y civiles. Cuando se sentó de nuevo en su silla forrada en un terciopelo rojo venido a menos, le pregunté algo que quizás no esperaba por la cara que me hizo y se quedó callado unos momentos antes de responder. Al fin, haciendo un esfuerzo, contó que recién llegado de Washington le habían ofrecido trabajo en distintas universidades de Bogotá, pero su superior de entonces se lo había impedido porque ante todo debía dedicarse a dos cosas en la vida: atender su ministerio sacerdotal y servir a la comunidad que le había dado tantas oportunidades. Desde entonces tenía a su cargo las clases de álgebra, física, cálculo, trigonometría y materias del área, o de francés e inglés en los colegios franciscanos por los que había pasado. Nada más allá porque no se veía bien que un sacerdote, y precisamente de la comunidad, se dedicara a tareas que no fueran afines con su vocación, y menos en especialidades con cierto cariz materialista. Ya había sido suficiente que le permitieran estudiar una carrera que no fuera filosofía o teología. No me lo dijo con estas palabras, pero el sentido evidente era que desde ese momento había decidido no insistir en otra cosa y vivir su vida conventual con la mayor independencia posible, en una especie de soledad compartida que le permitiera disfrutar su celda, sus libros, practicar los deportes que le gustaban, sobre todo la natación y el *handball*, y visitar de vez en cuando la selecta lista de amigos seglares que con pasmosa facilidad conseguía en cada ciudad a la que se le trasladaba. Por eso gozaba de una doble fama en apariencia contradictoria: de excelente compañero pero de costumbres individualistas, lo que le significaba la reprensión a veces no tan amable de algunos superiores que no estaban de acuerdo con su espíritu solitario. Sin embargo, lo peor de todo y por lo que lo habían confinado en una lejana y aislada ciudad de la Costa Caribe, había sido lo que se desencadenó a partir de la competencia en moto con el padre Puyo, por plenas calles de Cali, un día de fiesta. Unos amigos les prestaron dos motos para que dieran una vuelta. Encantados, aceptaron la oferta y salieron con prudencia aprovechando que el tránsito era mínimo. Pero una vez pasada la primera sensación de inseguridad decidieron apostar una carrera, la que por supuesto terminó en accidente: el padre Puyo resultó debajo de un camión con una pierna fracturada y la moto torcida y decomisada en los patios del Tránsito porque el conductor no llevaba licencia. No solo la noticia se regó por todos lados, incluyendo algún periódico local que por fortuna manejó el asunto con prudencia por tratarse de dos religiosos, sino que el escándalo recorrió cada pasillo de los conventos. Usted, con sus actitudes poco observantes, no puede ser ejemplo digno para los futuros sacerdotes de la comunidad en el país, le había dicho en tono solemne el superior en la carta en que le confirmaba su nuevo destino. Esa circunstancia le sirvió para entender de una vez, me dijo, su relación con la comunidad en el futuro. Ella le brindaba muchas cosas: suplía sus necesidades fundamentales, le daba seguridad y garantías, le facilitaba el desarrollo personal en algunos tópicos, aunque se lo limitaba en otros; le brindaba toda la trayectoria espiritual de sus doctores y una visión del mundo que le entusiasmaba, sobre todo la original de San Francisco, y él también aportaba en aquella especie de convenio: entregaba su vida a la comunidad, cumplía con sus deberes en ella comenzando por sus votos solemnes, estaba a su servicio, se sometía a sus decisiones, servía a todos aquellos que estaban a su alrededor, religiosos o seglares, pero también tenía claro que él iba a propiciarse ciertas cosas que la comunidad no le iba a dar jamás y a las que no había renunciado voluntariamente. Sin embargo, en este terreno me dejó una laguna. No quiso hacer explícitas las cosas que le comunidad no le daría nunca. Solo me explicó con rapidez que cada persona, en su interior, podría saber qué no le daría la Orden de los franciscanos, y cada cual era libre de lograr aquellos objetivos personales que no riñeran en lo fundamental con los principios cristianos y religiosos. Después en Bogotá, pensando en la conversación con el paisa Uribe, recordé que hizo un largo viaje por muchas naciones del mundo que deseaba conocer a toda costa antes de morir, según había contado a familiares suyos en Pereira, patrocinado por varias familias acaudaladas que lo apreciaban sobremanera. El sabía que la comunidad nunca hubiera podido satisfacerle esa ilusión. Me desconcierta pensar ahora, recién recibo la noticia de su muerte sorpresiva, creer que tenía razón, que sin saberlo a ciencia cierta pero tal vez presintiéndolo, había viajado durante varios meses por distintos y lejanos países, antes de ir por última vez a Jericó a visitar a su padre, ya muy anciano, y en esos días, después de una caminata hasta Puente Iglesias por senderos que conocía desde muchacho, ahogarse en el río Cauca.

Del escándalo por el atrevimiento de unos frailes

Antes de llegar de Pradera el chisme estaba ya regado por todo el convento. Nos miraban de reojo y murmuraban en privado, pero nadie se atrevía a hacernos preguntas, aunque se morían de curiosidad por conocer de nuestra boca la versión que aclarara lo que el padre Ramírez, el párroco del pueblo, había contado con minucia en su carta al maestro de coristas. Él mismo se había encargado de ofrecernos aguardiente la primera noche, de alentarnos para que rezáramos novenas en las esquinas estratégicas del pueblo y después en las casas de familia de los influyentes, para terminar en rumbas sanas, y no se había ahorrado detalles en lo que contó al padre Calle. No dijo mentiras, por supuesto. Pero teníamos la sensación de haber caído en una trampa tendida por alguna de las dos partes: O por el cura Ramírez, que de alguna manera terminó sintiéndose culpable de los aires de independencia que vivimos en Pradera, o por el maestro de coristas, que lo pudo motivar para que le relatara en detalle las vivencias de unos frailes novatos, que él mismo no quería enviar en la temporada de enero, en plena época de vacaciones, a sitios desconocidos y en donde podían encontrarse de frente con el mal en múltiples formas. Por supuesto, al primero que llamaron al despacho del padre maestro en La Porciúncula fue a fray Juan, pues era el coordinador del grupo que había estado en aquella misión de buena voluntad. Todos sabíamos que los dos frailes estuvieron a puerta cerrada durante tres largas horas, y que la conversación no hubiera tenido término a no ser porque llegó el momento de acudir al refectorio, a eso de las seis y media de la tarde, para la comida. La verdad era que los demás frailes estaban más pendientes que nosotros, más atentos a las consecuencias de un experimento que había dividido a la comunidad entre quienes pensaban que los religiosos debían permanecer en los conventos, mientras no fueran ordenados sacerdotes o por lo menos hubieran profesado votos perpetuos, y entre los que estaban convencidos de que era indispensable sacarlos al ambiente del mundo, para que pudieran medirse en la realidad y hacer frente a las tentaciones del demonio, las mismas que desde la época de Cristo se habían multiplicado por mil. Supimos días más tarde que el corista estudiante de teología, siempre callado y metido en sí mismo, había tratado de infundirnos confianza en Pradera con el propósito de que lo mantuviéramos informado de los movimientos de los que él no se daba cuenta porque permanecía en la casa cural todo el tiempo, sin salir a la calle para evitar toda clase de contaminaciones. Sin embargo, había en medio de aquel ambiente en el coristado un elemento que estaba destinado a ser el origen de los más ardientes debates. Fray Juan, como estudiante de teología estaba bajo la jurisdicción del padre Calle, y los demás, como estudiantes de filosofía, habíamos entrado hacía poco a la nueva jurisdicción del padre Botero, recién llegado de Roma. Por eso no hicimos tanto caso de la reunión del padre maestro de teólogos con fray Juan, pues pensábamos que las posibles consecuencias se iban a quedar entre ellos, restringidas a la nueva división de competencias. Pero llegó el día, y no fue mucho después, cuando el padre Botero me llamó, y luego a los demás coristas estudiantes de filosofía que habíamos estado en Pradera, para que relatáramos la historia de lo que había sucedido y tenía tan deprimido a fray Juan y tan indignado al padre Calle. El maestro Botero, con aire aún de cura recién desempacado y atento sin prevenciones a lo que ocurría a su alrededor, escuchaba sin exaltarse y hacía preguntas directas pero sin agresividades. Cuando se enteró de que los frailes que habíamos estado en Pradera nos quitábamos el hábito para montar en bicicleta, y de que fuimos a algunas reuniones sociales, en la noches, vestidos de civiles, y de que nos habíamos dejado crecer el pelo de la tonsura, dijo con calma que eso era lo mínimo que podía esperar de situaciones semejantes en frailes que debían tener en claro que estaban en medio de una comunidad que no debía verlos como personajes raros, aislados, metidos en hábitos que les resultaban no solo extraños sino fuera de época. El corazón mío quedó en su sitio y el de los demás también. Supimos que el padre Calle estaba enfurecido porque no entendía que los frailes nos despojáramos del hábito delante de una comunidad que no estaba acostumbrada a observarnos en tales actitudes, y peor, que estuviéramos de noche en casas de familia rumbeando con otros invitados, como si se tratara de comunes parroquianos. Por supuesto, el no hacernos la tonsura era nada menos que la confirmación de nuestra conducta desordenada y alejada del espíritu franciscano. De ahí que el padre Calle se había opuesto a que los coristas de filosofía se repartieran en breves misiones de vacaciones, por diferentes parroquias del país.

Hizo todo lo que estuvo a su alcance para que nos señalaran y se nos impusiera una sanción moral ejemplarizante. Me llamó a su celda, y después supe que lo había hecho con cada uno, para decirme en su seriedad inconmovible que le parecía el colmo y que por su parte, en cuanto maestro de coristas de teología, nos pondría el ojo encima y tomaría en cuenta el comportamiento de Pradera para cuando llegáramos a sus dominios, si era que llegábamos. Mientras tanto, buena parte de los coristas de filosofía, apoyados por la actitud condescendiente y moderna del padre Botero, habían decidido no hacerse más la tonsura, dejar crecer su cabello un poco más de lo habitual para no parecer militares y despojarse del hábito para salir a la calle a diligencias de rutina. Los que fuimos a Pradera apenas nos cruzábamos miradas de molestia con fray Juan, el teólogo que había corrido casi descompuesto a revelar las conductas atrevidas de unos frailes que se quitaron de encima lo que en apariencia los hacía distintos delante de la gente.

Del viaje del fraile tras la respuesta contundente

No sé cómo pude convencer al padre Botero para que me permitiera ir a Ibagué, en un solo día, y volver a Bogotá con la respuesta contundente y sincera que esperaba del fraile en el que confiaba más desde el punto de vista de la observancia de la Regla. Primero, porque me debía autorizar dinero para el viaje y, segundo porque le parecía que ir y volver en el mismo día era temerario.

El viaje fue largo y tedioso. Pensaba de antemano que el paisaje podría entretener mis cavilaciones, pero los pensamientos que rondaban mi cabeza no me permitían espacio para lo exterior, así fuera majestuoso.

La sorpresa del padre Tamayo, apenas me vio, fue tal que me preguntó si algo grave estaba sucediendo. Le contesté que nada serio excepto que debía hacerle una sola pregunta porque necesitaba tomar una decisión. Bueno, hacerle una pregunta y contarle una historia.

La conversación fue larga a partir de estas primeras frases. El cura Tamayo, como le decía cariñosamente, preguntaba con el orden y el rigor de un experto policial, de tal manera que ningún elemento se le quedara por fuera. Y yo le respondía con franqueza, de manera directa, tratando de que se formara un panorama claro de lo que me conturbaba y sucedía.

Me adentré con detalle en una serie de experiencias personales que él conocía bien, para que cada uno de los acontecimientos quedara expuesto a su mirada y a su juicio. Le expliqué que para mí, y con seguridad para mis compañeros, el noviciado había sido una vivencia más allá de lo imaginable. La sensación de soledad, auspiciada por el lugar en que estaba situado San Nicolás, el alejamiento del mundo y de todas sus alternativas y tentaciones, el rigor de la vida cotidiana, la severidad de las costumbres y el estudio y meditación permanentes sobre la Orden, la Regla, la historia de los franciscanos, fuera de las lecturas y prácticas relativas a un ascetismo que apenas conocíamos por encima, nos convirtieron en monjes enclaustrados, ajenos no solo al resto de las personas sino también a las fluctuaciones de la vida conventual ordinaria, marcada por una lucha continua alrededor de la observancia.

Me hacía más preguntas. Precisas y sin contemplaciones. Me acosaba por información más puntual a veces, no había pronunciado suficientes palabras cuando ya me estaba requiriendo más datos o haciendo relación con situaciones parecidas. Estábamos solos en la sala de visitas del convento, envueltos en un calor insoportable que el hábito de paño convertía en sudor a raudales. Dos vasos de agua helada y una jarra que transpiraba más que yo, eran los únicos testigos de aquel contrapunteo amigable y duro.

Le expliqué que mis primeras confrontaciones interiores las había tenido apenas quince días después de los votos temporales, cuando estábamos recién llegados a una finca cerca de Arbeláez, a donde habíamos ido los recién profesos en plan de vacaciones. El cuadro había sido traumático. Dos de mis compañeros estaban trenzados en una relación pasional que, lo supimos después, venía desde atrás. La escena me pareció grotesca y agresiva. Algunos frailes que jugábamos cartas en un corredor, después del almuerzo, escuchamos una especie de quejidos en un cuarto vecino. Al comienzo no prestamos atención pero minutos más tarde nos pareció que podría tratarse de alguien que estaba en dificultades, por lo que fuimos a asomarnos. Los dos estaban allí, tirados sobre una cama, acariciándose. Y aunque nos retiramos de inmediato yo no podía entender, ni ninguno de los que en días posteriores los pillaron en las mismas, por qué carajo habían hecho votos si venían en esas desde antes o por qué los quebrantaban a la primera oportunidad.

La cadena de hechos de toda índole que le conté al cura Tamayo, y que fueron importantes porque me confrontaban en todos los terrenos, apenas fue interrumpida cuando me recordó que si debía volver a Bogotá el mismo día, el último bus saldría en dos horas.

La vida en comunidad que se practicaba en La Porciúncula resultaba bien distinta, a veces radicalmente diferente de la que habíamos ensayado por un año en San Nicolás. Tan dispares que comencé a recordar las experiencias de un campesino, ya adulto y medio retrasado, que nunca había salido de la finca de sus padres y de pronto, a causa de la muerte de un pariente, lo llevaron a Medellín. Por lo que decía, en medio de una ingenuidad deliciosa, se había convertido en una especie de ser inerme y deslumbrado, incapaz de explicarse lo que ocurría a su alrededor. Y finalmente no tenía sino preguntas.

El padre Tamayo escuchaba apenas por trechos. Intervenía para hacer claridad, para pedir alguna interpretación, para matizar. La condición humana, la miserableza de la carne, la fragilidad ante el poder del mal y las dificultades para permanecer en los terrenos de Dios eran algunos de sus conceptos preferidos. Seguramente nadie pretendía a propósito incumplir lo prometido en la Regla o en los votos, ni convertir una vida que se había prometido humilde en colección de liviandades.

Pero aún así, y entendiendo las flaquezas propias y ajenas, yo le insistía en actitudes que podía entender pero de ninguna manera acoger. Que el padre superior de un convento bogotano hubiera aceptado para sí -no para la comunidad- una camioneta que le regalara la familia y anduviera en ella por todas partes, haciendo alarde de una conducta que no le quedaba nada bien a su condición, hasta estrellarse fatalmente en una carretera, parecía una especie de advertencia divina que fluctuaba entre el castigo y el ridículo.

Si el padre maestro de coristas insistía dos veces a la semana, en sus recomendaciones alrededor de la observancia, sobre la inconveniencia y falta de sentido de pobreza de algunos frailes que fumaban cigarrillos extranjeros que conseguían con amigos seglares, parecía tener razón en ese detalle revelador. Pero su preocupado sermón me entraba por una oreja y me salía por la otra: Él mismo fumaba Winston.

Cuando el cura Tamayo se levantó para servir más agua y quizás suspirar un poco para relajarse, la jarra estaba casi vacía y su sudor se había secado. El minuto de pausa me permitió observar desde la puerta de la sala el patio central del convento, una hermosa construcción con jardines cuidados, solitaria, en la que apenas se escuchaba el ruido de la calle. Ni una brizna de viento nos permitía un fresco.

El convento en Bogotá, le recordaba al cura Tamayo que asentía levemente con la cabeza, parecía dividido en dos cuarteles. Uno, el de los coristas, dedicado a la consolidación de la disciplina individual y comunitaria, al estudio de la filosofía y de la teología, al deporte como medio de frenar las tentaciones de la carne, y al ejercicio a fondo de los tres votos: pobreza, obediencia y castidad.

Otro, el de los curas experimentados, profesores del coristado la mayoría, doctores de universidades europeas, representantes de las últimas corrientes del pensamiento social cristiano y en cierta forma intelectuales aburguesados que interpretaban a su manera el espíritu de la Orden, sus compromisos con la comunidad y sus relaciones sociales. No sabía con exactitud por qué, pero los mayores predicaban más de lo que cumplían. Se aferraban más a corrientes tradicionales, se sentían más sabios y cercanos a poderes de todo tipo, más expertos y baquianos. Al tiempo se enfrascaban en letárgicas discusiones académicas y disfrutaban de las invitaciones permanentes de personas y familias cercanas a la comunidad. Por eso los llamaban los chocolateros.

Los más jóvenes, recién venidos del exterior, irreverentes y sueltos, tomaban la vida conventual sin mucha formalidad, apegados más a las ideas que se debatían en los círculos católicos de Europa que a la tradición de una comunidad constituida por individuos acostumbrados a que todo les caía del cielo, como un maná compensatorio.

Yo me sentía perdido en semejante panorama, atraído por las novedades, por los que miraban el mundo de manera diferente, más moderna, y controlado por la práctica de una vida cotidiana sin muchas alternativas, aferrada a la tradición, a la tonsura como renuncia exterior, al hábito como ropaje de desprendimiento, a la pobreza entendida como ausencia de dinero personal, a la obediencia gregaria y a la práctica de una castidad de la que nadie hablaba de frente pero que se había convertido, por razones y temores obvios, en el punto flaco de la convivencia entre personas siempre reprimidas.

El cura Tamayo estaba cada vez un poco más silencioso, con la atención puesta en mis palabras medidas, en las expresiones de mi rostro, en mis ademanes. Sin embargo, permanecía sereno, amable, capaz de brindar cercanía o una palabra oportuna.

Le pregunté entonces, a sabiendas de que faltaban apenas minutos para salir de allí, antes de que me dejara el último bus para Bogotá, si creía que era posible vivir una vida en comunidad tal como habíamos prometido y permanecer observantes de la Regla. Le insistí en que debía ser sincero y contundente. Su respuesta fue: "No".